Gurkensalat
Eine kölsche Komödie

HANS WUHRST

Gurkensalat

Ein kölsche Komödie

Bibliografische Information der
Deutschen Nationalbibliothek:
Die Deutsche Nationalbibliothek verzeichnet diese
Publikation in der Deutschen Nationalbibliografie;
detaillierte bibliografische Daten sind im Internet über
http://dnb.dnb.de abrufbar.

© 2015 Hans Wuhrst

Cover: Hans Wuhrst
Korrektorat: Sarah Michaela Müller

www.hanswuhrst.de

Herstellung und Verlag: BoD – Books on Demand, Norderstedt

ISBN: 978-3-7386-5530-8

Inhalt

Prolog   6

1. Kapitel: Erkenntnisse   9

2. Kapitel: Wochenende   13

3. Kapitel: Alltag   68

4. Kapitel: Urlaub   155

5. Kapitel: Happy End   180

Prolog

Dislozierte intraartikuläre Calcaneusfraktur, Typ Sanders III links.

Klingt super, oder?

So also die medizinische Bezeichnung und Ursache meiner saumäßigen Schmerzen.

Zertrümmertes Fersenbein klingt dennoch plausibler.

Unglaublich, was ein Sturz aus nur 72 cm Höhe verursachen kann!

Diese bescheuerte Klappleiter. Nur weil ich Schwager Hubert mal eben helfen wollte, eine Gardinenleiste anzubringen. Verdammt! Und das im Urlaub.

Aber wann ist schon der richtige Zeitpunkt für einen Unfall?

Meinen linken Fuß umgibt eine sich in regelmäßigen Abständen selbst aufblasende Pumpe. Diese hat, außer einem rhythmischen Geräusch von sich zu geben, das nach asthmakrankem Elefanten klingt, eine wichtige Aufgabe zu erfüllen: und zwar die Schwellung zurückzubilden.

Faszinierend, wie gewaltig ein Fuß anschwellen kann.

In einem Dreibettzimmer der chirurgischen Abteilung des Klinikums Passau lasse ich mir von einem der Ärzte, die mein Röntgenbild staunend begutachten und mich loben, dass ich ganze Arbeit geleistet hätte, erklären, was mich erwarten wird: eine Titanleiste mit zehn Schrauben, um die Trümmer in meinem Fuß wieder zu richten, wenn alles gut geht.

Ich solle mich aber auf einen langwierigen Heilungsprozess einstellen und auf mögliche Folgen.

Was langwierig bedeute?

Drei Monate.

Was Folgen bedeute?

Möglicherweise Einlagen im Schuh tragen zu müssen.

Was sind schon drei Monate? Was bedeutet schon Einlagen tragen zu müssen? Scheißspiel!

Vor meinem geistigen Auge spielen sich viele Szenen gleichzeitig ab … mein Job: ob ich die Stelle behalten kann? … meine Wohnung: den dritten Stock nenne ich nicht gerade behindertengerecht … meinen Urlaub: wie komme ich wieder nach Hause in mein geliebtes Köln … und: *warum ich?*

Der Arzt will mich mit der Tatsache beruhigen, dass ich mit einem Spezialschuh, einer sog. Orthese, schon nach der Operation auf Krücken gestützt, gehen könne.

Großartig! Ein kleines Licht am großen dunklen Horizont.

Ich lehne mich an das aufgerichtete Rückenteil des Krankenhausbettes und schaue aus dem Fenster. Der Himmel ist fast wolkenlos blau. Also doch kein dunkler Horizont.

Ein kleiner Trost. Könnte ich am Fenster stehen und herunter schauen, müsste der Blick auf den Inn möglich sein, denn Donau und Ilz liegen auf der anderen Gebäudeseite.

Jetzt auf einem der Dampfer sitzen und dort den restlichen Urlaub mit Conny verbringen … Ach, Conny … Weine ich? Unsinn, mein Auge schwitzt bloß.

Warum ich?

Da ist sie wieder, diese Frage, die mich schon seit einiger Zeit beschäftigt.

Aber immer der Reihe nach.

Die Geschichte der aufregendsten anderthalb Jahre meines Lebens beginnt viel früher …

1. Kapitel: Erkenntnisse

Mögen Sie Gurkensalat?

Ich liebe Gurkensalat! Aber nur im Sommer. Und nur jenen, den man mit der Dillkräuter-Fertigmischung unter Hinzufügung von drei Esslöffeln Öl anrühren kann.

Gurkensalat birgt die interessante Kaumischung zwischen Biss und Schleim.

Letzteres besonders, wenn man die übrig gelassene Hälfte des einen Tages in einer Frischhaltebox für den nächsten Tag im Kühlschrank aufbewahrt. Die Bezeichnung Frischhaltebox halte ich übrigens für ein wenig hoch gegriffen.

Wie auch immer, der Kühlschrank bewirkt wahre Wunder.

Wenn ich mir zum Beispiel die Stullen für den nächsten Arbeitstag aus Knäckebrot bereite, also bereits am Vorabend schmiere und belege, erlebe ich regelmäßig, dass das Knäckebrot tags darauf in der Mittagspause unappetitlich biegsam und klamm ist. Dieser von mir als Kühlschrankphänomen bezeichnete Vorgang tritt besonders dann auf, wenn ich es mit Schnittkäse belege und, um den Knackbiss meiner saisonalen Leibspeise Gurke auf dem Käse verspüren zu wünsche, dieselbe darauf in dünnen Scheiben verteile. Tags drauf in der Mittagspause, voller Vorfreude das Wasser im Munde zusammenlaufend, muss ich dann feststellen, dass der in der Kühlschranknacht entstandene Gummifizierungsvorgang meine Stulle … ach wissen Sie, das müssen Sie einfach selbst mal ausprobieren!

Mit 33 Jahren, männlich, berufstätig, in Maßen sportlich, beliebt, humorvoll, aufgeschlossen, gebildet, kulturell interessiert …Ä-hem ja. Also vollkommen normal und in der Blüte meines Lebens stehend, stelle ich mir neuerdings die eine Frage des Lebens:
Warum ich?

Diese Erkenntnis ist wirklich neu und wurde von mir ganz allein entdeckt.
Die meisten Menschen stellen sich Fragen, wie:
Warum bekomme ich keinen freien Parkplatz in Nähe meiner Wohnung?
Wieso sagt mir keiner, dass die in der öffentlichen Toilette im Abroller vorhandene Toilettenpapierrolle nur noch zwei Blätter aufweisen wird, nachdem ich den WC-Sitz mit reichlich Papier ausgelegt habe und die andere Rolle, die von mir bevor ich mich niedergelassen habe, vorausschauend als potentielle Ersatzrolle in Betracht gezogen wurde, feucht ist?
Warum stehe ich regelmäßig an der längsten Schlange einer Supermarktkasse an, um dann bei Öffnung einer weiteren Kasse dort unter Missachtung sämtlicher Vorfahrtsregeln, den Versuch starte, mich möglichst vorne am hoffentlich gleich abfahrenden Band zu positionieren, jedoch feststellen muss, dass die Kassiererin noch gar nicht Platz genommen hat, sondern im Schneckentempo erst durch den ganzen Supermarkt getrottet kommt.

Da ich mir vor Kassenschlangenwechsel stets die vor mir stehende Person einpräge, um einen Vergleich zu haben, wer nachher schneller dran gekommen ist, stelle ich nach reichlich gesammelter Erfahrung auf dem Supermarktkassenwechsel-Schlachtfeld und deren Auswertung die mutige These auf, dass es zu 82% effizienter ist, in der alten Schlange stehen zu bleiben.

Ich habe nie Untersuchungen hierzu gelesen, einer muss eben den Anfang machen. Also: bitte sehr!

Ich beschäftigte mich vormals immer mit diesen Einzelproblemen, der einzelnen Frage.

Doch das ist jetzt Gott sei Dank vorbei!

Alle diese Fragen lassen sich durch die einzige Frage zusammenfassen:

Warum ich?

Genial, was?

Nie mehr mit Einzelproblemen befassen.

Problemglobalisierung ist die Lösung!

Diese Erkenntnis bekommen Sie von mir völlig gratis überlassen, so wie meine Supermarktkassenwechselauswertung.

Ich gebe gern! Ich helfe gern!

Aber ein Dankeschön würde ich schon erwarten. Ich hasse es nämlich, wenn meine Hilfsbereitschaft nicht gewürdigt wird.

Frau Sauer, meine ältere Nachbarin, musste die Rache für ihre mangelnde Dankbarkeit mir gegenüber bereits mehrfach spüren. Einmal hielt ich ihr die Haustür auf, als ich sie auf dem Bürgersteig – mit reichlich Einkaufstüten bepackt – kommen sah. Obwohl die Dame noch etwa acht

Meter vom Haus entfernt war, lächelte ich ihr freundlich zu und winkte eine Gib-Gas-Oma - Geste.

Nachdem sie die Haustür endlich erreicht und völlig erschöpft ihre Taschen im Treppenhaus abgestellt hatte, bedankte sie sich nicht einmal bei mir!

Dabei sind es doch gerade die Alten, die sich beschweren, dass die Jugend keine Erziehung und Höflichkeit mehr zeigt.

Nach zweimaligen selbigen Verhaltens meiner Nachbarin, passe ich sie neuerdings ab und warte, bis sie ca. 2,7m von der Haustür entfernt ist, um diese dann versehentlich aber rechtzeitig zufallen zu lassen. Sozusagen als erzieherische Maßnahme.

Es bedurfte einiger Übung, um die Zeitachse, also die Dauer des exakten Eintreffens der Nachbarin an der Haustür und Zeitpunkt des Zufallens der Tür ins richtige Verhältnis zu setzen. Letzteres ist sogar saisonal bedingt. Im Sommer braucht die Tür etwas länger.

Also bedanken Sie sich lieber!

2. Kapitel: Wochenende

Freitag

Köln-Ehrenfeld im Sommer, Gurkensalatzeit.
Mich erwartet später die von gestern übrig gelassene Hälfte dieses wunderbaren Gaumengenusses, heute gepaart mit Frikadellen und Kartoffelpüree. Himmlisch!
Gestern kredenzte ich mir die erste Hälfte des Gurkensalates mit Fischstäbchen, Kartoffeln und Rahmspinat. Überhaupt eignet sich Gurkensalat zu allen Kartoffelgerichten als sommerliche Salatbeilage.
Sommer? Da war doch was? Ach ja: Urlaub!
Nein, ich habe noch keinen Urlaub. Einige Kollegen haben Urlaub, obwohl die Aufträge der Firma sich momentan nur so überschlagen. Mein Kfz.-Mechaniker hat Urlaub, obwohl mein alter Golf existenzielle Nöte aufweist. Meine Nachbarn haben Urlaub (außer Frau Sauer) und alle Paketdienste dieser Welt bitten ständig um Annahme von Päckchen für die ausgeflogenen Nachbarn. Warum bestellen die überhaupt noch etwas, wenn sie wissen, dass sie in den Urlaub fahren? Mein Flur gleicht inzwischen einem Speditionslager.
Und mein Friseur hat Urlaub. Würde ich jetzt jedoch einen anderen Friseur aufsuchen, um meinen gewohnten

Rhythmus von achteinhalb Wochen einzuhalten, verschöbe sich der elfte kostenlose Haarschnitt, den ich mir mit zehn regelmäßigen Treuebesuchen erarbeitet hätte, um weitere achteinhalb Wochen. Rausgeschmissenes Geld. Ich muss durchhalten.

Mein Trost: der Bäcker hat noch auf. Hier fehlen mir nur noch vier Zweipfünderbrote zu meinem elften Bonusbrot.

Und jetzt auch noch Wochenende, also Freitagnachmittag und Dienstschluss. Ich hätte Zeit zum Friseurbesuch aber ich reiße mich zusammen. Braucht nur etwas Haargel und die Frisur sitzt. Werbung ist es etwas ganz Wunderbares. Haben Sie schon die neue Hornhautreduzierungscreme? Einfach klasse.

Auf der Heimfahrt beschließe ich für meine Wochenendplanung folgende Schwerpunkte:

Einkauf der Lebensmittel (Gurke habe ich noch), Jeanskauf in der Innenstadt, Wohnungsputz, Ausflug am Sonntag. Am Freitag- und Samstagabend: Ausgehen.

Ausgehen ... Was für ein Wort? Man geht aus. Für mich ein Synonym für saufen gehen. Ich gehe saufen, nicht aus.

Und wenn ich Glück habe, werde ich von einem weiblichen Wesen begleitet, das meine Interessen teilt. Diesem Glück muss ich für dieses Wochenende unbedingt noch die Chance geben. Rita oder Conny?

Sie merken gerade, dass ich Single bin, richtig?

Gut! Sollten Sie weiblich, vollbusig, schlank, zwischen 23 und 29 Jahren, trinkfest sein und mich einmal treffen wollen, geben Sie sich bitte zu erkennen!

Um Missverständnisse zu vermeiden: Rita und Conny sind auch Singles. Beide Mitte zwanzig und auf der Suche nach dem Sinn des Lebens. Ich helfe den beiden dabei. Meistens am Wochenende. Meistens nachts. Natürlich nicht gleichzeitig.

Die beiden kennen sich zwar, können sich aber nicht so richtig leiden. Und das ist auch gut so, allein schon wegen mir.

Neulich hatte ich eine Partyeinladung absagen müssen, als ich zufällig aber vor allem rechtzeitig erfuhr, dass sowohl Rita als auch Conny ebenfalls eingeladen wurden. Das wäre eine Katastrophe geworden.

Ich freue mich über einen freien Parkplatz direkt vor der Haustür. Das muss bestimmt schon zwei Jahre her sein, als ich das letzte Mal dieses Glück hatte und überlege noch Lotto zu spielen. Mich erwartet bestimmt ein Glückswochenende. Dann kann Frau Sauer auch nicht weit sein?

Nein, schade, auch in den beiden Nebenstraßen kann ich sie nicht entdecken. Dann eben doch kein Lotto.

Also, wen jetzt?

Rita oder Conny?

Bürokauffrau oder Altenpflegerin?

Rita ist etwas knochiger, dafür eben wirklich schlank und ein richtiger Blickfang. Die langen, braunen Haare trägt sie meist als Pferdeschwanz zusammengebunden. Leider ist sie drei Zentimeter größer als ich. Barfuss.

Wenn sie mich ärgern will, steckt sie ihr Haar hoch und trägt auch noch Stöckelschuhe.

Ihre einzige Gemeinsamkeit zu Conny sind die braunen Augen. Conny ist ein wenig rundlicher, aber nicht dick.

Vielleicht ist kräftiger und ausgeprägter gebaut die passende Beschreibung. Außerdem geht sie mir nur bis zum Kinn. Barfuss.

Sie trägt ihr dunkelblondes Haar als Pagenschnitt. Meinen Wunsch, sich die Haare lang wachsen zu lassen, will sie sich überlegen und verlangte im Gegenzug ein Foto von mir. Immerhin.

Leider redet sie sehr viel, besonders nach dem dritten Kölsch.

Rita schweigt meistens und lässt mich reden. Ich rede auch viel. Auch ohne Kölsch.

Also was jetzt? Reden oder reden lassen?

Meine Überlegungen werden unterbrochen: das Handy klingelt.

Matze fragt, ob ich ihm morgen früh beim Umzug helfen könne. Ihm seien Franziska und Olli abgesprungen. Ich erinnere ihn an mein Rückenleiden, weshalb ich ihm schon letzte Woche nicht zugesagt hatte. Vielleicht ginge es meinem Rücken ja jetzt besser?

„Nein!"

Er hätte mir ja auch bei meinem Umzug geholfen.

„Na-hein!"

Och bitte. Es würde nur eins, vielleicht zwei Stündchen dauern, nur eben die paar Kisten in den Transporter – als Student hätte er ja nicht viel – und um die Ecke wieder ausladen. Erdgeschoss, also ohne große Anstrengung. Und wenn der Rücken schmerzen würde, könne ich sofort aufhören.

„Na gut."

„Danke! Dann bis morgen früh um acht. Ab zehn Uhr wird nämlich die Straße zur neuen Wohnung wegen Filmaufnahmen gesperrt! Tschüß, Richie, schönen Abend!"

Vollidiot! Nein, nicht Matze, sondern ich. Hab ich mich wieder breit klopfen lassen. Um acht Uhr, tolle Wurst!

Dann werde ich wohl doch Rita anrufen, damit es, der geringen Redezeit wegen, nicht zu spät wird. Conny könnte ich dann vielleicht für morgen Abend … Wieder klingelt das Handy: Rita!

„Abmelden? … Lach doch nicht so blöd, Rita… Wer kichert denn da noch im Hintergrund? … Du fährst wohin? … last minute Teneriffa? … Ja, dann schönen Urlaub … Mit wem? … Conny? … Ich denke, ihr könnt Euch nicht leiden? … Ach so…Seit der Party neulich…Sie hat dir mein Foto gezeigt? … Was meinst du mit: ihr habt Euch über mich ausgetauscht? … Ich bin ein was? … Bisher hat sich keine von euch beiden beschwert! … Ja, ich lösche eure Telefonnummern auch!"

Warum ich?

Hätte ich damals Heike geheiratet … Ach lassen wir das.

Okay, aber nur kurz: dann säße jetzt höchst wahrscheinlich ein sabbernder Balg auf meinem Schoß, dem ich ein Unterhaltungsprogramm von *backe backe Kuchen* über Vorlesen bis Pferdchen spielen bieten müsste, bis die Teppichratte irgendwann so müde wird, wie ich es vermutlich schon sechs Stunden vor ihm wäre.

Ein Mann ohne Kinder ist wie ein Baum ohne Blätter.

Ja, Heike, jetzt hast du ja deinen Laubbaum. Ronny, den alten Sack.

Warte, bis der Herbst kommt.

Ronny ist Heikes Vermieter, mindestens doppelt so alt wie sie und war immer schnell zur Stelle, wenn der Abfluss verstopft war oder die Heizung knarrte. Besonders die im Schlafzimmer. Na ja, wenn es sich halt ergibt.

Um eines klar zu stellen: ich habe nichts gegen Kinder!
Da missverstehen Sie mich aber jetzt.
Schließlich habe ich eine vierjährige Nichte.
Schau ich eben Glotze-Comedy und lach mich kaputt. Ausgehen, also Saufen kann ich auch zu Hause. Außerdem muss ich morgen früh raus. Dämlicher Umzug.
Der Flaschenöffner zelebriert mein Lieblingsgeräusch. Prost!
Haben Sie ein Lieblingsgeräusch?
Heikes Lieblingsgeräusch ist ein lachendes Kind. Das ist Glückseligkeit und tiefster Frieden, gepaart mit Harmonie in Vollendung.
Connys Lieblingsgeräusch ist ihre eigene Stimme.
Ritas Lieblingsgeräusch ähnelt meinem sehr. Bei ihr ist es allerdings der Korken einer Champagnerflasche. Bei mir reicht eine Kölschflasche. Hin und wieder, wenn Rita nach unserem Ausgehen nicht gleich mit zu mir wollte, musste ich im Vorfeld – durch meine hellseherischen Fähigkeiten erahnend – in eine solche investieren, also Champagnerflasche. Überredungskunst nannte sie das. Ich nannte das ein 29,99€-Argument .
Die Werbung verspricht, dass auch Bier im Bauchnabel prickeln kann. Rita hat sich über die Sauerei und den Gestank im Bett so aufgeregt, dass sie mich samt Bier hinausgeworfen hat.
Aus meinem eigenen Bett!

In der männlichsten aller Fernsehgrundhaltungen, links die Flasche, rechts die Fernbedienung, nehme ich auf der

Couch Platz. Ich freue mich auf die Frikadellen mit Kartoffelpüree und, wie bereits erwähnt, den Gurkensalat.

Das Fernsehprogramm steht also fest, ich habe noch 32 Minuten Zeit, bis der erste erträgliche Comedy-Beitrag anfängt.

Das reicht locker, um die Frikadellen in der Mikrowelle aufzuwärmen und den Kartoffelpüree anzurühren.

Habe ich mich eigentlich schon vorgestellt?

Mein Alter kennen Sie ja bereits. Mit 1,78m, braunen, kurz geschnittenem Haar, braunen Rehaugen und nur wenig Bauchansatz, sehe ich meinem Namensvetter James nicht unähnlich, also dem aus den Sechzigern.

Ich heiße Bond. Richie Bond.

Verdammt noch mal, ich heiße wirklich Bond und ich liebe diesen Spruch. Nur Richie ist nicht ganz richtig. Wie Sie erahnen, lautet mein Vorname korrekt Richard. Und um noch genauer zu sein: Richard Joseph, nach Onkel Joseph, dem Bruder meines Vaters. Onkel Joseph ist der Held in der Familie. Eventuell erzähle ich Ihnen später darüber, wenn es sich ergibt. Ich muss jetzt den Püree anrühren.

Ach, vielleicht sei noch erwähnenswert, dass ich kein Kölner bin. Ich stamme aus Kassel in Nordhessen. Dort, wo man Kartoffelsalat *Gorduffelsolot* nennt und wo es *Ahle Worscht* gibt.

Dort, wo man Worten, die mit *Au* beginnen, das *A* vorenthält und den nach dem *u* folgenden Konsonanten verdoppelt.

Können Sie mir folgen?

Aus dem Wort *Auftritt* wird also das Wort *Ufftritt*. Der Klassiker aber ist: Kennen Sie eine Kasseler Wurstsorte mit U?

Uffschnitt!

Kassel wäre damals fast Bundeshauptstadt geworden, wussten Sie das?

Ich bin froh, dass Adenauer *sein Bonn* durchgesetzt hat. Die mittelstädtische Idylle wäre dahin gewesen. Flughäfen, Bürohochhäuser, Sicherheitstruppen, Staatsdiener zuhauf.

Nein, nicht in *meinem* Kassel! Danke, Konrad!

Ansonsten sprechen wir Nordhessen eine gepflegte, dem Hochdeutsch recht nahe kommende Aussprache, wenn wir unsere Grenzen verlassen.

Nicht so wie der Kölner, der seinen *ch – sch- Sprachfehler* mit seltsamen Stolz in der ganzen Welt herausposaunen muss.

Und machen Sie einem Kölner mal klar, dass er eine unklare Aussprache hat, ja sogar einen Sprachfehler!

Einmal hätte es mich fast meinem Job gekostet. Man sollte seinen Chef nicht ständig korrigieren.

Ich muss jetzt aber wirklich den Püree anrühren.

Nach zweieinhalb Stunden Comedy-Gelaber mit 51 Minuten Werbeunterbrechung habe ich mich doch nicht kaputt gelacht. Auch die vier Kölsch haben mich nicht zugrunde gerichtet.

Ich stelle den Wecker und gehe schlafen.

Gute Nacht!

Samstag:

Um Sieben Uhr 56 stehe ich überpünktlich vor Matzes Haustür. Es sind bereits 21°C, dieser Sommer hat es wirklich in sich. Nicht mal ein Wölkchen am Himmel.

Matze öffnet nicht. Mir tut jetzt schon der Rücken weh, nur vom Warten bis 8 Uhr 12, als er mit dem Miettransporter um die Ecke kommt und mich hupend begrüßt. Bis 8 Uhr 24 habe ich durch gezielte Fragen feststellen können, dass wir für den anstehenden Umzug zu zweit bleiben und bereits eine knappe halbe Stunde Zeit verloren haben.

Warum ich?

Mensch, Matze! Ich entschließe mich, nicht zu gehen und schleppe schweigend den ersten Umzugskarton in den Transporter. Auch beim Zweiten schweige ich noch, als ich bemerke, dass Matze erst einen Karton geschafft hat.

Er riecht stark nach Schweiß.

Bei meinem Vierten und Matzes Zweiten breche ich mein Schweigen und versuche es mit Humor: „Na, Matze, wo kein Schnee liegt, kannst du schneller gehen!"

Matze sieht sich ratlos um und schüttelnd den Kopf. Dabei verstreut er seine Schweißperlen im Hausflur.

Wortlos stampft er die Treppe hinauf. Er ist fix und fertig.

Oben in der Wohnung finde ich ihn heulend auf dem Sofa sitzend vor, den nass geschwitzten Kopf in die Hände gestützt.

Bis neun Uhr 16 hat er mir erklärt, dass sein Leben aus den Fugen geraten sei. Dieser Umzug sei keine Lösung, sondern ein Weglaufen. Aber vor sich selbst könne man nicht wegrennen. Überhaupt hätte er alles falsch gemacht. Sein dritter Studienanlauf – Sozialpädagogik – sollte ihn, nach versautem Sprachstudium für chinesisch und kisuaheli, vom abgebrochenen Maschinenbaustudium trösten und mit Selbstfindung erlösen. Seine Familie stünde nicht mehr hinter ihm, er erhielte keine Unterstützung mehr und der Gitarrenunterricht an der VHS bringe nicht genügend ein, um seine Schulden zu tilgen.

Zu dem hätte er es versäumt, einen richtigen Freundeskreis aufzubauen.

Um ihm aufzumuntern gab ich ihm im letzten Punkt Recht und lobte sein Erkenntnisreichtum.

Bei einem Umzug weiß man, ob man richtige Freunde hat.

Ich wisse jetzt wenigstens, dass ich sein einziger echter Freund sei!

Warum ich?

Um Zehn Uhr zwei kniet er dankend vor mir.

So kommen wir mit dem Umzug jedenfalls überhaupt nicht weiter. Außerdem schmerzt mein Rücken.

Ich ergreife die Initiative und rufe zwei Kollegen an, hoffend, dass sie schon auf sind. Die Hoffnung erfüllt sich, Micha und Müischa haben sogar schon gefrühstückt.

Micha(-el) kommt aus Leipzig und spielt das Weibchen in der Beziehung mit Müischa. Müischa ist, wie der Name vermuten lässt, Kölner und heißt auch Micha-el. Er hat seine große Liebe übers Internet kennen gelernt. Ich schätze beide auf Ende dreißig, aber das ist wirklich schwer zu sagen. Am liebsten tragen die beiden, rank und schlanken Glatzenträger Partnerlook, bevorzugt Overalls.

Durch seine guten Verbindungen zum Chef, konnte Müischa seinen Micha ebenfalls in unserer Firma unterbringen. Beide arbeiten nun glücklich und vereint in unserer Warenannahme.

Durch Nennung eines nicht unerheblichen Geldbetrages am Telefon, erkaufe ich mir die Hilfe der beiden Kollegen.
Um Elf Uhr elf – Kölle Alaaf! – geht der Umzug weiter.
Während ich in der Wohnung die Reihenfolge, der herunter zu tragenden Kartons und Einrichtungsgegenstände, festlege, schleppen Micha und Müischa im Dauerlauf. Das erspare das Fitness-Studio und mache einen knackigen Po.
Aha, daher die knappen Trainingsanzüge im Partnerlook.
Matze wartet seit einer viertel Stunde, dass jemand mit am Sofa anpackt. Ich erteile meinen beiden Knackpopos den Auftrag, als nächstes das Sofa herunter zu tragen. Matze drücke ich eine Stehlampe in die Hand und schicke ihn mit den aufmunternden Worten hinter her, sich ein Beispiel zu nehmen; gebe ihm einen freundschaftlichen Klaps auf dem Po und rufe „hopp hopp", um ihm die Richtung zum Treppenhaus zu weisen.
Genau in diesem Moment des Klapses erscheinen – scheinbar völlig ausgeruht – Micha und Müischa im Zimmer. Sie grinsen erst sich, dann uns an. Müischa ruft „Aha!"
Und Micha ergänzt: „Du hast dir nie was anmerken lassen!"
Ich schupse Matze ins Treppenhaus, verschränke meine Arme vor der Brust und schließe die Augen.
Warum ich?

Mein „ich möchte jetzt nicht darüber reden!" und „es ist anders, als ihr denkt!" lässt die beiden Kollegen mit den letzten zwei Umzugsgütern und „jaja" vor sich hin murmelnd und schmunzelnd im Treppenhaus verschwinden.

Egal. Ich mache mir Gedanken um Matze. Er braucht eine starke Hand, am besten die einer Frau. Aber eine verfettete, rote Lockenpracht, die er Frisur nennt, seine ihm zu klein geratenen, abgetragenen, muffigen Klamotten, die er vermutlich aus der Kleiderkammer des Roten Kreuzes gestohlen hat und der wackelnde Entengang auf langen, dünnen Beinchen?

Ne, für nicht mal dreißig sieht er schon ziemlich verbraucht aus. Welche Frau will so was? Armer Matze!

Kurz darauf zahle ich Micha und Müischa aus und bedanke mich nochmals für die schnelle Hilfe. Matze will die beiden noch nicht entlassen und sieht mich fragend an. Ich verabschiede meine Kollegen erneut und wünsche ein schönes Wochenende.

Außer Hörweite der Beiden, erkläre ich Matze die Situation. Erstens: Geld (ich musste Micha und Müischa 80,00€ geben), zweitens: Straße zur neuen Wohnung gesperrt, drittens: mein Rücken.

Ich schlage vor, mit dem Transporter und meinem Wagen erst einmal zu mir zu fahren. Von dort aus kommt man später wegen des Einbahnstraßensystems besser zu Matzes neuer Wohnung. Samstagmittag finde ich immer einen Parkplatz für meinen Golf. Natürlich nicht vor der Haustür. Dieses Glück wird mir, dem Gesetz der Serie entsprechend, wohl erst wieder in zwei Jahren widerfahren. Matze muss den Transporter vier Straßen weiter parken, um für das long vehicle einen geeigneten Platz zu finden. Abgehetzt kommt er an.

Inzwischen sind es 24°C und nach einer Dusche freue ich mich auf mein Lieblingsgeräusch: Prost!

Matze wäscht sich wenigstens die Hände. Er fragt nach Tee und wie es jetzt weiter gehen soll.

„Mit dir?"

„Nein, mit dem Umzug!".

Gott sei Dank!

Ich motiviere ihn dazu, selbst mal eine Lösung zu finden, da ich noch einzukaufen habe und meine Bekleidungswünsche in der Innenstadt realisieren möchte. Im nahe gelegenen Cafe gäbe es übrigens Tee. Als sein fragender Blick mir andeutet, er könne erneut anfangen zu heulen, drücke ich ihm fünf Euro und meinen Wohnungszweitschlüsselsatz in die Hand.

Ich sei ja spätestens um Fünf wieder da und dann schauen wir mal nach der Straßensperrung vor seiner neuen Wohnung, die jedoch bis 20 Uhr angekündigt war.

„Tschüß, Matze, bis dann!"

Die schwüle, drückende Luft lädt nicht wirklich zum Einkauf in der Innenstadt ein aber die Alternative hieße Matze.

Nein, man kann nicht vor sich selbst weglaufen, aber vor ihm.

In der U-Bahnstation ist es kühler. In der U-Bahn dagegen stickig. Ich lenke mich ab und zähle die Punkte auf dem Sommerkleid der mir gegenüber sitzenden reiferen, aber nicht unattraktiven Frau. Einundvierzig, zweiund… drei…was? Mist, verzählt, bleib´ doch mal ruhig sitzen. Als ich erneut bei 41 bin, schreit sie mich an: „Wo gucken sie denn dauernd hin, sie unverschämter Kerl?"

Dabei steht sie auf und schlägt mir ihren Einkaufskorb vor das rechte Knie. Die wenigen aber überwiegend älteren Fahrgäste schauen mich entsetzt und kopfschüttelnd an.

Verdammt, diese schon als Sucht zu bezeichnende Zählerei!

Die glauben wirklich, ich hätte der blöden Kuh die ganze Zeit auf die… Scheiße, scheiße.

Ich verschränke die Arme und schließe die Augen. Die Punkte sehe ich immer noch. Verfluchte Zählsucht!

Warum ich?

Neulich mit Vanessa … oje, ich darf gar nicht dran denken…

Es war ein wunderschöner Abend mit Essen, Kino und Schmuserei auf der Couch. Als ich sie soweit hatte mit ins Bett kommen, dachte ich schon, sie sei etwas ganz Besonderes, anders als Rita oder Conny. Ein Wunder sei geschehen, mein Singledasein wäre beendet. Dieser wundervolle, romantische Abend. Eine runde Sache, rundherum perfekt. Und die Krönung wäre der bevorstehende Sex gewesen. Wäre gewesen.

Als wir nackt auf dem Bett lagen, sah ich im Kerzenmeerlicht ihre Tattoos. Ich konnte nicht anders und begann die Flügelenden der Engel zu zählen, die Streifen des Regenbogens, drehte sie um und zählte die Kästchen der Windmühlenräder, drehte sie wieder um, zählte weiter die Punkte des Schmetterlings und vergaß darüber unser gemeinsames Vorhaben. Was ich plötzlich hätte und warum ich sie aus dem Bett rollen wollte. Ich antwortete: „Vierhundertzweiundfünfzig!" und muss dabei schrecklich, dennoch triumphierend gegrinst haben, was durch den Kerzenschein an der Wand einen Furcht einflössenden Schatten geworfen haben muss.

Danach hatte ich einen Hustenanfall, der erst wieder endete, als Vanessa die Wohnungstür zu schlug. Keine Telefonnummer, keine Adresse, keine Chance ihr zu erklären … tragisch!

Aber ich arbeite dran und habe Fortschritte gemacht: nie mehr bei Licht!

Im Kaufhaus meines Vertrauens betrete ich die Herrenhosen-Abteilung. Ein wie aus dem Ei gepellter junger Schnösel haucht mich an: „Vierunddreißig/zweiunddreißig"?

„Leiden sie auch unter Zählsucht?", strahle ich ihn an.

„Nein, Ihre Jeansgröße, richtig?".

Sein Augenaufschlag erinnert mich an Müischa.

Oje, Micha und Müischa! Ob die Montag in der Firma von ihrer neuen Erkenntnis über meine scheinbare Veranlagung tratschen werden?

Ich darf gar nicht dran denken!

Wirke ich auf den Hosenverkäufer mit Augenaufschlag etwa auch wie …?

Oh Nein, was ist denn mit mir? Um mich dreht sich alles. Der Kreislauf? Die Hitze?

Der Hosenverkäufer fängt mich auf und legt mich sanft neben einem Jeansstapel ab. Nur einen Moment später ist er mit einem Glas Wasser zur Stelle und hält meinen Kopf hoch, so dass ich trinken kann.

„Danke, Mann!", schluchze ich und ziehe mich an ihm hoch.

Sein Parfüm sticht in meiner Nase und ich drohe erneut umzufallen. Aber er hält mich sicher und bringt mich über die Notausgangsstahltür ins kühle Treppenhaus.

Das ist mir noch nie passiert. Mein Kreislauf ist für gewöhnlich stabil. Wahrscheinlich doch die Hitze.

Nach einer viertel Stunde auf der Treppe sitzend, komme ich wieder ganz zu mir und danke meinem Retter erneut. Er könne mich jetzt los lassen. Lächelnd kehrt er in seine Abteilung zurück. In meiner Hemdbrusttasche finde ich eine Visitenkarte. Nur Vorname und Handynummer. Merkwürdig. Wie ist sie da nur rein geraten?

Ach so, der Hosenverkäufer heißt also Elmar! Und seine Handynummer habe ich auch. Na Prima, dann kann ja nichts mehr schief gehen.

Warum ich?

Um Elmar nicht noch einmal zu begegnen, verlasse ich das Kaufhaus gleich über die Notausgangstreppe.

Schluss, Aus, Ende, Richie! Du bist ein Mann, ein richtiger Mann! Du bevorzugst Frauen. Bevorzugst? Nein, ausschließlich!

Und damit Sie mich besser verstehen: ich sehe nicht mal schlecht aus. Nicht, dass sich die Frauen regelmäßig nach mir umdrehen würden, aber es reicht durchaus, um als gut aussehend bezeichnet werden zu können. Meiner braunen Rehaugen wegen komme ich leicht mit jeder Dame ins Gespräch. Darüber hinaus verleihen sie mir einen gewissen Vertrauensvorschuss.

Diese Augen können nicht lügen, Sie verstehen?

Ich lehne Barttragen ab und bin mit ausreichend Muskeln an den richtigen Stellen bepackt.

Körperliche Arbeit zahlt sich schließlich aus.

Seit einigen Jahren bin ich Nichtraucher. Genauer gesagt, seitdem ich meine Wohnung renoviert und neu einrichtet habe. Anfangs habe ich noch in der Küche unter der Dunstabzugshaube geraucht, aber auch das habe ich bald aufgegeben.

Somit bin ich prinzipiell auch als diszipliniert einzustufen.

Na ja, ich war nach der Neueinrichtung ziemlich pleite, vielleicht hat das auch eine gewisse Rolle gespielt.

Aber zurück zur Situation: ich beende mein Vorhaben Bekleidungskauf und suche die U-Bahn Station auf. Bis zum Eintreffen der Bahn zähle ich noch schnell die Wandkacheln, komme bis dreihundertneunundsechzig. Während der Heimfahrt schließe ich die Augen und überlege, was ich gleich noch einkaufen werde. Gurke habe ich noch.

Mit drei Plastiktüten Lebensmitteln trete ich den Heimweg an, voller Vorfreude auf mein Lieblingsgeräusch und dem damit verbundenen kühlen Hopfenbräugenuss.

Apropos, genügend Bier müsste ja noch da sein. Ach, egal, notfalls gehst du zum Kiosk, rede ich mit mir selbst.

Halb sechs und fix und fertig. Und für heute Abend noch nichts klar gemacht. Außerdem muss ich Matze noch loswerden. Verdammt!

Als ich die Wohnung betrete, höre ich Flaschenklirren aus dem Wohnzimmer.

Matze? Der wird doch wohl nicht …, der verträgt doch nichts …, der kann doch nicht …?

Die Tüten fallen lassend renne ich ins Wohnzimmer und sehe neben sechs, auf dem Teppich liegenden, leeren Flaschen Kölsch, einen röchelnden, nach Bier und Schweiß stinkenden Matze.

Warum ich?

Dieser Saukerl hat in nur dreieinhalb Stunden sechs Flaschen Kölsch ausgesoffen!

Matze, jetzt reicht es! Freundschaft hin, Freundschaft her! Ich packe ihn am Kragen und schleife ihn ins Bad.

Über den Badewannenrand gelegt, ziehe ich ihn aus, zerre ihn unsanft in die Wanne und lasse lauwarmes Wasser ein. Seine übel riechenden Klamotten werfe ich in die Waschmaschine und starte umgehend das Kurzprogramm.

Langsam kommt Matze zu sich.

Als erstes hält er sich die Hände über seine Genitalien. Sein Schamgefühl scheint stärker ausgeprägt zu sein als sein Verstand. Als wenn ich noch nie einen nackten Mann gesehen hätte. Ich reiß ihm die Arme hoch und schrei ihn an: „Dir guckt schon keiner was weg! Komm gefälligst zu dir! Sonst hast du keine Probleme, was? Du irrer Trottel! Du spinnst wohl, mein Bier weg zu saufen und meine Wohnung zu versauen, du Stinktier!"

Wütend und Tür knallend verlasse ich das Badezimmer und verstaue meine Lebensmittel, die sich im ganzen Flur verteilt haben. Prost!

Scheiße, nur noch vier Flaschen Kölsch da. Das wird mir Matze büßen!

„Geh Bier holen, oder kannst du das auch nicht?", schreie ich in Richtung Badezimmer.

Es klingelt. Die Haustür.

Ja, ich war ein wenig zu laut liebe Frau Nachbarin, sage ich mir leise und öffne: Vanessa!

Unglaublich, Vanessa ist zurückgekehrt! Vanessa, oh meine Schöne! Wortlos aber lächelnd steht sie in der weit geöffneten Wohnungstür. Meine Blicke verschlingen sie.

Oh, meine Vanessa, deine grünen Augen im zartblassen Gesicht, dein schlanker Körper, deine hoch gerichteten Schultern von langem, schwarzem Haar umgeben, wie schön du anzusehen bist, mein Engel.

Ganz in Verzückung und Schwingung versetzt, der Realität völlig entschwunden, auf Wolken durch mein Glück schwebend, höre ich hinter mir Matzes Stimme röcheln:

„Siehst du, ich kann mich dir auch nackt zeigen, wenn du das willst!"

Splitternackt und mit ausgestreckten Armen fällt mir Matze um den Hals.

Vanessa verdreht die Augen und beginnt zu schreien.

Das Schreien nimmt kein Ende. Die Nachbarn öffnen ihre Wohnungstüren. Sie hören Vanessa, sie sehen Matze und mich.

Mein Leben ist zu Ende!

Ich schupse Matze unsanft weg, ziehe Vanessa in die Wohnung und werfe die Tür zu.

Sie schreit weiter. Ich halte ihr den Mund zu. Sie beißt mich, ich ohrfeige sie. Sie hört auf zu schreien, aber die Augen sind immer noch weit aufgerissen.

Matze hat angefangen zu heulen und hält sich wieder die Hände vor seinen Unterleib. Als wenn das jetzt noch eine Rolle spielen würde.

Vanessa schlägt mich zurück und fragt schwer atmend:

„Seit wann weißt du, dass du schwul bist? Wusstest du es neulich auch schon? Hat dich mein weiblicher Körper abgestoßen?"

Mein Hals ist völlig ausgetrocknet, dennoch schaffe ich es zu krächzen: „Es tut mir Leid, ich will dir alles erklären …!"

„Schon gut, jetzt weiß ich ja … ich wünsche euch beiden alles Gute!"

Wieder schließt sie die Wohnungstür hinter sich. Wieder ohne Adresse, ohne Telefonnummer zu hinterlassen, aber jetzt war es ohnehin vorbei.

Wie auch Matzes Leben jetzt vorbei sein wird!

Ich werde es wie einen Unfall aussehen lassen.

Es klingelt erneut an der Tür. Vanessa?

Ich reiße die Tür auf und falle auf die Knie, um sie um Verzeihung zu bitten. Aber statt der Beine meiner Traumfrau sehe ich eine Uniformhose.

Warum ich?

Ich erhebe mich langsam und stehe gebückt, die Hände auf die Knie aufgestützt, während ich die strenge Stimme der Polizeibeamtin vernehme: „Herr Bond?"

„Ich weiß nicht …", stottere ich und richte mich ganz auf.

Matze rollt sich zusammen und dynamisiert sein Heulen mit zusätzlichem Japsen.

„Sie wissen nicht?", fragt nun der vortretende Polizeibeamte, der Matze anlächelt.

Ich reiße mich zusammen, um mir das bisschen Restwürde zu erhalten und präsentiere meinen tausendfach gesprochenen Lieblings-Vorstellungs-Begrüßungspruch: „Mein Name ist Bond, Richie Bond."

Die Polizisten schauen mich skeptisch an. Sie fragen, ob sie herein kommen können. Ich stimme umgehend zu, da ich die sensationsgeilen Blicke meiner Nachbarn hinter ihren Türspionen erahne. Die Beamtin befiehlt Matze, er möge sich etwas anziehen. Er habe aber nichts anzuziehen.

Oh Gott, die Klamotten sind ja noch in der Waschmaschine.

Ich will zum Kleiderschrank rennen, um Unterwäsche, eine Jogginghose und ein T-Shirt zu holen, was als versuchter Fluchtversuch missverstanden wird. Kurz darauf liege ich bäuchlings, die Hände auf dem Rücken in Handschellen gefesselt vor dem Schlafzimmerschrank und beginne langsam die Situation zu erläutern.

Nach dreizehn Minuten Überzeugungsarbeit bekomme ich die Handschellen abgenommen.

Wir sitzen gemütlich im Wohnzimmer. Ich reiche Plätzchen.

Mit einer an mich gerichteten Verwarnung wegen Ruhestörung ziehen die Beamten ihres Weges.

Und Matze? Kann man nicht die Todesstrafe wieder einführen? Wenigstens für heute?

Als die Haustür ins Schloss fällt, beginnt Matze zunächst mit Schluchzen, kurz darauf mit erneutem Heulen.

Hatten wir ja lange nicht mehr.

Ich gehe ins Bad und hänge seine Klamotten auf die Leine.

Dabei bin ich erstaunlich ruhig. Ohne ein weiteres Wort zu sagen, richte ich Matze das Bett auf dem Sofa, nehme mir ein Kölsch und schalte vom Sessel aus den Fernseher an.

Matze fragt, ob er auch ein Kölsch haben könne. Meine Ruhe und Gelassenheit findet ein jähes Ende. Mit einem Schrei, der die Kraft hätte, einen eventuellen Weltuntergang aufzuhalten, empfängt Matze das eindeutige „NEEEEEEIIIIIN!"

Oh Gott, die Nachbarn. Hoffentlich haben die nichts gehört.

Matze verkriecht sich unter der Decke und heuchelt Einschlafen.

Ich schaffe noch ein zweites Kölsch und gehe dann auch schlafen. Gute Nacht.

Sonntag:

Digitalanzeigen an Radioweckern sind eines der wichtigsten Erfindungen, die es gibt. Was haben die Leute nur früher gemacht, wenn sie nachts aufwachten und wissen wollten, wie spät es ist?

Sind sie aufgestanden und zum nächsten Kirchturm gelaufen? Haben sie Sanduhren gedreht?

Wie auch immer. Ohne funktionierende Digitalanzeige könnte ich gar nicht schlafen gehen.

Das Schlimmste, was mir passieren kann, also nachts, also allein im Bett, ist, wenn ich aufwache und die Anzeige blinkt!

Da werde ich verrückt, wenn ich zum Ablesen gezwungen werde, wie lange der Stromausfall her ist. Das ist noch schlimmer, als eine ungerade Zahl Socken aus der Waschmaschine zu holen. Wirklich!

Aber heute Morgen ist alles in Ordnung. Ich spüre, dass ich immer noch ein Mann bin und gehe zur Toilette.

Sieben Uhr elf. Matzes Klamotten sind vom Wäscheständer verschwunden. Die können doch noch gar nicht trocken sein?

Im Wohnzimmer finde ich ein leeres Sofa vor, die Decken und Kissen ordentlich zusammengelegt, das Fenster zum Lüften gekippt, meine Bierflaschen vom Vorabend weggeräumt und unter dem Kerzenständer einen Zettel:

Lieber Richie,

ich bitte Dich um Verzeihung, um Vergebung, um Nachsehen und alles, worum man bitten kann! Ich habe große Schande angerichtet, Dein Ansehen bei den Nachbarn ent-

würdigt, Deine Traumfrau vergrault und Dich durch mein Verhalten zum Opfer eines Polizeieinsatzes werden lassen!

Ich werde Dir nie wieder unter die Augen treten können, jetzt habe ich auch noch meinen besten Freund verloren.

Leb wohl, ich liebe Dich!

Dein Matze!

Beim Anstellen der Kaffeemaschine kann ich meine Tränen nicht mehr zurückhalten.

Hat der eigentlich einen Knall! Er liebt mich? Was ist denn das für ein Scheiß!

Während ich dusche, lasse ich alle Geschehnisse des Vortages an meinem geistigen Auge vorbeiziehen. Ich erkläre dieses Duschen zum Reinigungsritual: möge alles Erlebte von mir gewaschen werden.

Es scheint zu helfen. Eine Tasse Kaffee und zwei Frischeiwaffeln später, ziehe ich meinen Blaumann an und fahre zu Matzes neuer Wohnung. Zum Glück begegne ich keinem meiner Nachbarn. Hoffentlich nie wieder!

Am besten ziehe ich auch um.

Der Transporter steht vor der Tür, ein Glück!

Ich muss zugeben, dass ich für einen kurzen Moment, als ich Matzes Zettel fand, an Schlimmeres gedacht hatte!

Umso erleichterter bin ich nun. Aber normalerweise steht bei einem Umzug ja die Haustür offen. Ich schaue durch das Heckfenster des Transporters. Da steht noch alles genauso drin, wie gestern eingeladen.

Aber wo ist Matze?

Vergeblich suche ich seinen Namen an den Klingelschildern. Sagte er nicht Erdgeschoss?

Ich nehme allen Mut zusammen und klingele – inzwischen ist es acht Uhr 39 – rechts bei Friedhoffs und links bei Schanzes.

Der Türsummer ertönt und mit einem „Entschuldigen sie bitte!", betrete ich das dunkle Treppenhaus. Meine, durch die grelle Sonne geblendeten Augen gewöhnen sich allmählich an das Dunkel.

Eine mir nicht unbekannte Stimme wirft mir entgegen: „Aber wo her weißt du …?"

Elmar? Ein freudestrahlender Elmar lächelt mir entgegen und zupft seinen Morgenmantel zurecht.

„Wie hast Du meine Adresse herausgefunden?", zeigt er sich von meinem scheinbar detektivischen Spürsinn äußerst entzückt.

Und bevor ich zu Wort komme, legt er noch ein „Geht es dir wieder besser?" nach.

„Ja, danke, Elmar, aber … ich … äh …das ist aber ein Zufall!"

„Zufall? Wieso denn Zufall?"

„Ich bin auf der Suche nach meinem Freund… äh … nein nicht Freund, meinem Kumpel, Kollegen, Kumpanen… jedenfalls nicht Freund!

„Ach und der wohnt hier?"

„Ja, er zieht heute hier ein. Er heißt Matze."

Aus Elmars Wohnung höre ich eine zweite Stimme, die müde aber durchaus männlich klingt. Die Stimme fragt, was denn los sei. Merkwürdig, auch diese Stimme kommt mir irgendwie vage bekannt vor. Elmar unterbricht meine Überlegungen mit einem „Psst!", das er mit dem rechten Zeigefinger über seinem Mund bekräftigt und leise hinzufügt: „Wir kennen uns nicht!"

Ich nicke erleichtert und winke, um mich langsam zu entfernen. Aber Elmar lässt, trotz seiner brisanten Situation, nicht locker und erklärt leise, fast gesäuselt, dass sein Freund erst aus der Nachtschicht gekommen sei und das die Beziehung eigentlich momentan krisele, er sich über meinen Besuch – ob Zufall oder nicht – sehr freue und ob wir uns wieder sehen können. Sein Dackelblick unterstreicht die Worte.

Meinen Dackelblick finde ich persönlich ausdrucksstärker, unterlasse ihn aber, um nicht wieder falsch eingeschätzt zu werden. Der kurze Blickwechsel wird unterbrochen, als die männlich müde Stimme aus dem Hintergrund unerwartet hinter der Tür erscheint: der Polizist von gestern Abend, der Matze so angelächelt hat!

Warum ich?

Ich renne die wenigen Stufen hinunter und flüchte vor die Haustür, in Gedanken fühle ich wieder die Handschellen um meine Hände gelegt. Mein Herz schlägt bis zum Hals, wie es vermutlich einem Verbrecher auf der Flucht ergeht, der in Erwartung steht, jeden Moment gefasst zu werden.

Mit dem Rücken an der Hauswand angelehnt, höre ich eine Diskussion im Treppenhaus, die durch einen Türknall schnell beendet wird. Im Moment des Knalls öffnet sich die mir gegenüberliegende Beifahrertür des Transporters, was mich erneut zusammenzucken lässt. Schweiß rinnt aus meiner Stirn, die Sonne blendet mich, ich blinzele und zudem läuft der Schweiß auch noch in mein linkes Auge. Scheiße, brennt das!

Die Hände immer noch auf dem Rücken, fällt mir ein, dass ich gar keine Handschellen umhabe und mir den Schweiß mit dem Ärmel abwischen kann.

Aus der geöffneten Beifahrertür kommt Matzes Hinterteil in meiner Jogginghose zum Vorschein und begrüßt mich mit einem unerhört stinkenden und lautstarken Furz.

Mich immer noch nicht wahrgenommen kratzt sich dieses Ekel dann auch noch ausgiebig seinen Arsch. Dann erst dreht er sich um.

Die Jogginghose kann er behalten!

„Richie? Was machst du denn hier?"

Den Furzgestank immer noch wegwedelnd antworte ich: „Nur mal schauen, ob du dich nicht vielleicht doch hinter einen Zug geworfen hast!"

Matze lacht. Er lacht einfach. Es ist unglaublich, Matze lacht!

War ich das? Was hab ich gesagt?

Er krümmt sich vor Lachen. Jetzt ist es endgültig so weit, ich ruf die Männer mit den weißen Kitteln und der hübschen Weste, die man am Rücken zusammenbinden kann.

Zu früh gefreut. Das Lachen geht in Schluchzen über … ooh nein, nicht schon wieder … nein, Matze …Scheiße!

Matze heult wie ein Schlosshund. Ich hole aus, um ihm eine zu kleben. Gleichzeitig wird die Haustür geöffnet und der, uns vom Vorabend bekannte, Uniformierte steht nun als Zivilist gekleidet neben mir. Meine zum Ohrfeigen ausgeholte Hand wandert zu meinem Nacken, um mich dort zu kratzen.

„Sie schon wieder? Machen sie jetzt auf der Straße weiter?" raunzt er mich an und wendet sich Matze zu.

Matze beruhigt sich und klärt die Lage: „Lassen sie nur, es ist alles meine Schuld! Mein lieber Freund wollte sich nur überzeugen, dass ich heute endlich hier einziehen kann!"

Sagte er eben mein lieber Freund?

„Oh, sie ziehen hier ein?", fragt das zuvor angespannte Beamtengemüt nun freundlich nach.

„Ja, gleich hier unten, die Wohnung von Friedhoff".

Ich erläutere zu meiner weiteren Entlastung noch, dass Matze die Wohnung allein beziehen und ich nun in meine Wohnung zurückkehren werde.

Mein Versuch des Verabschiedens scheitert aber aufgrund der Tatsache, dass Elmar sich aus dem Fenster lehnend in das nette Gespräch einschaltet:

„Sollen wir euch helfen? Harry, du kannst doch nachher auch noch Brötchen holen. Acht Arme tragen mehr als vier!"

Elmar hat eine unglaubliche Auffassungsgabe und scheint auch mathematisch nicht unbegabt zu sein.

Neunundreißig Minuten später war alles in der neuen Wohnung verstaut, die ich allerdings vorher noch von Grund auf gereinigt und wenigstens gestrichen hätte.

Matze strahlt Glückseligkeit aus.

Ich, sein bester Freund, habe ihn nicht hängen lassen.

Vergebung sei ihm widerfahren, wie es unter Freunden üblich sei. Ich erinnere ihn an die 80,00€ vom Vortag, um ihn wieder etwas in Richtung Realität zu rücken. Spätestens in einer Woche hätte ich das Geld.

Matzes Woche besteht aus 365 Tagen, mindestens.

Elmar und Harry scheinen auch wieder glücklich vereint.

Elmar pustet mir, in einem von Harry unbemerkten Moment, einen Handkuss zu. Ich lächele augenzwinkernd zurück.

Happy End! Tschüss zusammen!

Als ich die Haustür verlasse, um den Resttag mit Sonnenschein und noch unbekanntem Ausflugsziel zu verbringen, gibt mir Matze aus dem Fenster ein Zeichen, ich solle noch mal rein kommen.

Was ist denn jetzt schon wieder?

„Matze, du hast genau eine Minute!"

Er spielt mir die Mailboxaufzeichnung zweier Anrufe des gestrigen Tages vor.

Der Erste: der Autovermieter.

Er fragt an, ob er den Transporter pünktlich um 14 Uhr zurückhaben könne, wie vereinbart, da er eine Folgebuchung hätte und diese gern zusagen möchte.

Der zweite Anruf: der Autovermieter.

Durch die Nichtrückgabe zum vereinbarten Zeitpunkt wechselt der Nursamstagtarif nun in den Weekendtarif.

Das bedeute Rückgabe am Montag bis acht Uhr und statt 105,00€ nun 235,00€. Nach acht Uhr würde er zusätzlich die Polizei einschalten, da er den Transporter dann als gestohlen melden müsse.

„Nein, Matze, ich habe kein Geld mit. Nein, Matze, meine Geldautomatenkarte habe ich zu Hause. Nein, Matze, ich leihe dir nichts mehr! Nein! Na-hein! Die 80,00€ von gestern als Langzeitkredit und die Jogginghose als Geschenk, mehr nicht! Okay, das T-Shirt und die Unterhose auch noch aber jetzt ist Schluss! Ich gehe jetzt, tschööööö, Matze und mach nicht immer deine Probleme zu meinen! Frag doch Harry, den netten Polizisten, vielleicht kannst du es bei ihm abarbeiten? Du solltest vielleicht nur vorher duschen. Und hinterher vielleicht auch. Tschüss, Matze! Ich bin ein was? Damit kann ich leben!"

Dachte ich eben an Happy End?

Zu Hause angekommen. Was mache ich wohl? Raten Sie mal?

Natürlich hole ich meine Brieftasche. Natürlich fahre ich zum Geldautomaten. Natürlich fahre ich wieder zu Matze und werde ihm die 130,00€ geben in der Hoffnung, dass er die vereinbarten 105,00€ für den Nursamstagtarif parat habe. Natürlich hat er sie nicht!

Ich gebe ihm 183,26€, also genau die ihm fehlende Differenz, um nicht als Autodieb von der Polizei gejagt zu werden.

Mir ist egal, dass er nichts zu Essen im Haus hat. Und ich gebe ihm einen Rat, den ich als kostenlos bezeichne: „Matze, wenn ich nicht in zwei Monaten – und das ist fair – die ganze Kohle zurück habe, zerlege ich Deine Gitarre, das offensichtlich einzig Kostbare, was du dein Eigen nennst!"

Beim Rausgehen lasse ich einen 5,00€-Schein aus der Tasche fallen. Er stürzt sich darauf, wie ein Durstiger in der Wüste auf eine Schale Wasser.

Soweit zu meiner Konsequenz.

Ein zweites Mal zu Hause angekommen, dusche ich nochmals, um das Erlebte wieder einmal herunter zu spülen. Diese neue Erfahrung des Reinigungsrituals hat was. Vielleicht zu vergleichen mit einer vergebenen Sünde, einem Neuanfang.

Was mache ich denn heute noch?

Scheiße, schon fast zwei Uhr und Hunger habe ich auch. Ein Döner muss her. Ja, genau, ein Döner, lecker!

Achtzehn Minuten später erhalte ich meine kulinarische Bestellung.

Beim kurz darauf zu vernehmenden Brüll „Hey Richie, alte Kakerlake!", kombiniert mit einem Schlag zwischen meine Schulterblätter, spucke ich ein Zwiebelstück über den Stehtisch vor der Dönerbude in die Handtasche einer, ebenfalls einen Döner verzehrenden jungen Dame, die ich eigentlich nach anfänglichem Augenkontakt in einen Flirt verwickeln wollte.

Ich beginne zu husten, um ein Verschlucken zu vermeiden und spucke gleich etwas Krautsalat hinterher.

Der Krautsalat landet aber diesmal auf dem Boden, weil die Handtasche samt Besitzerin den Nachbarstehtisch bereits verlassen hat. Unnötig zu erwähnen, dass entsprechend abweisende Schimpfworte in mein Ohr dringen.

Frauen reagieren oft überempfindlich.

Hinzu kommt die, typisch weiblich, miss gedeutete Beurteilung einer Situation wie dieser.

Als mein Gaumen samt Kehle zu sich kommt, erkenne ich in dem „Kakerlaken"-Rufer einen ehemaligen Arbeitskollegen wieder, der mittlerweile Schauspieler sein sollte, wenn ich mich recht an sein damaliges Vorhaben erinnere. Max, ein Staplerfahrer meiner Abteilung. Nicht einer der Schnellsten, aber er hörte aufs Wort, wenn ich, als sein vorgesetzter Lagerbereichsleiter, ihm die Kommissionierungslisten gab und hinzufügte, ihn erst wieder sehen zu wollen, wenn er fertig wäre. So sah ich ihn nur zweimal am Tag. Morgens zur Arbeitsverteilung und nachmittags, wenn ich die Listen wieder bekam. Seine Schnapsfahne roch ich somit auch nur zweimal am Tag.

Für die Fahne am Morgen hatte ich eine Erklärung: Restalkohol. Die Fahne am Nachmittag konnte ich mir nicht erklären.

Unser Chef fand eines Tages die Erklärung: im Gasschrank, wo das Treibgas für die Gabelstapler verschlossen steht, standen zwischen den Gasflaschen noch weitere Flaschen.

Max erhielt eine Abmahnung, ich eine Verwarnung. Wir gelobten damals Besserung, die Max jedoch im Laufe der Zeit missglückte.

Prost und Tschüss, Max. Er wurde gefeuert und ich befördert.

Nun hatte meine Beförderung jedoch nichts mit Max Alkoholkonsum zu tun. Eher damit, dass ich meinem Chef ein Alibi für seine erotischen Überstunden mit Chantal aus der Buchhaltung gab, das er zur Beruhigung seiner Gattin dringend benötigte.

Während er damals am Morgen der Kündigungsaussprache gegenüber Max, diesen und meine Wichtigkeit in die Chefetage zitierte, tauchte unerwartet seine Ehefrau im Büro auf.

Die Dame zitierte nun, ungeachtet unserer Anwesenheit, ihrerseits unseren Chef ins Nebenzimmer und befragte ihn über die ungewohnte Abwesenheit vom häuslichen Tisch und Bett am Vorabend. Während Max die Gelegenheit nutzte, um auf die Toilette zu flüchten, positionierte ich mich neben der leicht geöffneten Tür zum Nebenzimmer.

Dort hörte man die nuschelnde Chefgattin einfach deutlicher.

In dem Moment, als mein Chef seiner holden Ehefrau Rede und Antwort stehen musste, trat ich näher, hüstelte und bemerkte, dass ich gleich noch Fragen hätte zur Lagerneustrukturierung, die wir gestern Abend noch bis spät in die Nacht besprochen hätten.

Mein Chef stürzte erleichtert auf mich zu, klopfte mich auf die Schulter und sagte: „Genau, wie gestern Nacht besprochen, Herr Bond, sie bekommen noch das Lager von Schulze dazu!

Gute Leute wie sie sind selten, Bond!"

„Danke, Chef! So Chefs wie sie aber auch!"

Seine Gattin lächelte mich zustimmend an und verabschiedete mich mit einem Handschlag, ihren Gatten hingegen mit einem Wangenkuss und der Entschuldigung, die Situation falsch eingeschätzt zu haben.

Max erhielt seine Papiere und schien ebenfalls sichtlich erleichtert, sich nun ganz seiner Schauspielkarriere widmen zu können.

Ich reinige den voll gespuckten Tisch mit reichlich Papierservietten und drohe: „Den Döner zahlst du mir, Max!"

„Sorry, Alter, eijh, ick hab mich eenfach voll jefreut, dich zu sehn. Mann, Alter!"

Ich beschnüffele ihn unauffällig und bemerke, dass er nicht nach Schnaps riecht.

„Und, was machst du so, Max?"

„Eijh, ick hab dir doch damals erzählt wat ick vorhabe, weeste dat nich mehr?"

„Du wolltest Schauspieler werden oder so?"

„Richtig, Alter, voll jepeilt! Ick bin jetz Diplom-Schospieler und spiele momentan den *Elvis* in *Der Rock, der Roll, der Rock´n Roll*, dat is von Bremer, die Nummer, von Axel Bremer! Der Bremer! Kennste den? Aus New York! Der Hammer, Alter! Kennste nich?"

„Nee, aber das erklärt zumindest deine Frisur. An deiner Rundlichkeit hat sich ja nichts verändert. Steht dir aber, Max. Weißt ja, ein Mann ohne Bauch…"

„Ach schön, eijh, Alter, mal wieder den ollen Richie treffen! Und? Biste immer noch bei de olle Firma?"

Beinhaltet eine Schauspielausbildung nicht auch eine Sprechausbildung?
Max hat seine Sprechbegabung wirklich verfeinert. *Alter* und *eijh* kommen ja nur noch in jedem zweiten Satz vor, Respekt!
Und ein Diplom hat er auch? Donnerwetter, das ist doch mal eine berufliche Grundlage. Wenn ich nicht gleich hier wegkomme, ist auch noch der Sonntag im Eimer. Eben sah es noch nach einer positiven Wendung aus und jetzt Max!
Warum ich?

„Max, entschuldige bitte, ich hab gleich eine Verabredung. War schön, dich mal wieder zu treffen. Und alles Gute!"
„Eijh, Mann, Alter, ick schulde dir noch ´en Döner, Mann."
„Nee, ist wirklich okay, ich war ja auch schon satt. Also, Tschüss, Max."
„Hier, dann nimm wenigstens noch´en Projramm mit vonne Stück, dat ick spiele!"
„Ja, danke, Max, ich komme mal vorbei. Tschöööööö!"

Das dritte Mal zu Hause angekommen, überlege ich, ob ich wirklich noch mal los will. Mein ungeplant geplanter Ausflug würde noch anstehen. Kacke! Jetzt ist auch noch der Sonntag hin. Während ich meinem Lieblingsgeräusch zuhöre, an der Verursachung desselben nippe, blättere ich das Programm durch, das mir Max aufgeschwatzt hat.
Kopfschüttelnd lese ich die Stückbeschreibung:

Der Rock, der Roll, der Rock´n Roll von Axel Bremer, New York, USA, Planet Earth

Elvis lebt! Die Legende, die lange für tot gehalten wurde, lebt doch noch!

Fern ab von Memphis, den USA, tauchte Elvis nach seinen Todesgerüchten in seiner neuen Wahlheimat Deutschland unter.

Er durchreiste unerkannt den Bayerischen Wald, besuchte die nordfriesischen Inseln (hier wurde er auf Sylt einmal fast erkannt) und landete nach einem Campingurlaub in Stralsund durch eine missverstandene Autobahnumleitung im Harz, wo er sich in die Brockenhexe-Darstellerin Tanja Wöhler verliebt.

Das Happy End wollen wir nicht vorwegnehmen!

Lassen Sie sich dieses einmalige und gewaltige Musikspektakel nicht entgehen!

Und hören Sie – wie schon viele Besucher vor Ihnen – die neuen Hits: Du mein Madel wirst es sein, Komm, wir gehen auf den Berg und natürlich das Titellied: Der Rock, der Roll, der Rock´n Roll.

Eine wilde Rock-Polka mit Countryelementen im Sambastyle, wie sie eben nur der New Yorker Axel Bremer texten und komponieren kann!

Ein überzeugender Elvis-Darsteller (Max Lehfeld) und seine Geliebte Tanja Wöhler (Katharina Hengst-Lichtenfeldhaus, bekannt aus dem Musical „Der Wind, der niemals bläst" von Henning van de Kroening) runden das imposante Bühnenbild ab.

Unter der Regie von Alfred Nitterwegen und der Band vom Band „De Koenners" wird dieses Stück Theater Ihnen unvergessen bleiben.

Aufführungen (noch bis 23.09.) nur sonntags, 20 Uhr, Theater Hinterm Vorhang, Köln.

Ich gucke mir doch nicht so einen Mist an!
 Das ist doch kein Theaterstück!
 Elvis lebt? Super! Aber dann bestimmt nicht im Harz!
 Wer kommt auf so einen Dreck?
 Da gehe ich hin! Ich gucke mir Max an und lach mich schief.
 Ich werde so laut lachen, dass ihm der Text wegbleibt, wenn er welchen hat, was mich wundern würde. Das mach ich.
 Die Rache für den Döner und das Vergraulen der süßen Döneresserin vom Nachbarstehtisch.

Ich räume noch etwas auf und bügele zwecks Einstimmung in meinen Theaterabend zu Tchaikovskys Klavierkonzert Nr.1 in b-Moll.
 Haben Sie das schon einmal probiert?
 Bügeln Sie mal zu klassischer Musik, bevorzugt Streichermusik. Sie glauben gar nicht, wie einfach das Bügeln von der Hand geht!
 Gute Erfahrungen habe ich mit Schubert und Dvorak gemacht. Während bei Wagner schon mal Knöpfe abreißen oder ich zu Faltenbügeln in die Hemdärmel neige. Wagner empfehle ich daher eher zum Schnitzel klopfen oder Betten machen.
 Zur Toilettenreinigung eignet sich Mozart. Kartoffeln schäle ich am liebsten bei Rap.
 Eine absolute Ausnahme, und da lasse ich keine Kompromisse zu, ist die richtige Musikbegleitung während der Zubereitung von Gurkensalat!

Hier unterscheide ich drei Vorgehensphasen:

Erstens, das Anrühren der Dillkräuterfertigmischung mit drei Esslöffeln Öl.

Zweitens, das Scheibenschneiden der gewaschenen Gurke und Drittens, das Unterheben der Gurkenscheiben in die Dillkräuterfertignunmehrmitölmischung.

Zu Phase 1: *Childs anthem* von Toto
Zu Phase 2: *Don´t stop me now* von Queen
Und zu Phase 3: *Scratching the surface* von Saga

Diese Songs habe ich mir hierzu extra zu einer Gurkensalatzubereitungs-CD am PC zusammen geschnitten. Nach exakter Zeitmessung und ständiger Optimierung der einzelnen Arbeitsschritte zur jeweiligen Zubereitungsphase, konnte ich die CD nach und nach perfektionieren.

Die Gesamtlaufzeit beträgt nur 6:42 Minuten, ist jedoch genauestens abgestimmt.

Der Hammer!

Übrigens eine meiner Geschäftsideen: Rezeptzubereitungs-CDs abmischen!

Auf Bestellung und individuell auf den Zubereiter zugeschnitten.

Der gaumenfreudige Konsument nennt mir seine Lieblingsgerichte, Lieblings-Musiker und gibt detaillierte Informationen über die Küchenausstattung, sprich Anordnung der Küchengeräte und Aufbewahrungsmöbel für Geschirr, Bestecke, Töpfen, Pfannen, Standorte von Kühlschrank, Herd und Spüle bzw. Wasserhahn, um die sich daraus ergebenen Wegstrecken zur Speisenzubereitung berechnen zu können. Hinzu kommen die persönlichen Voraussetzungen, wie Körpergröße, Handling-Erfahrung und Geschlecht.

In einem Fragebogen wird – neben diesen Punkten – auch der Könnensstatus ermittelt.

Hierbei unterscheide ich wiederum drei Personengruppen: der kleine Koch (Anfänger), der große Koch (erfahren, fortgeschritten) und den Gourmet (z.B. Küchenchef im Sternerestaurant).

Und schon kann ich eine maßgeschneiderte CD abmischen.

Wie finden Sie diese Idee?

Eben!

Sind Sie an weiteren Geschäftsideen interessiert?

Gut, während ich meine Stullen für morgen schmiere, kann ich ja eben meine beiden anderen Businessfavoriten ausplaudern. Übrigens habe ich zur Stullenbereitung natürlich keine vorgefertigte CD. Wie Sie sich denken können, liegt hierzu ja kein kontinuierlicher Ablauf vor.

Oder schmieren Sie sich jeden Tag die gleichen Stullen?

Also zur zweiten Geschäftsidee: ich habe eine neue Sportart entwickelt!

So eine Sportart erwirbt ja erst nach athletischer Anerkennung und sportmedizinischer, positiver Begutachtung seinen Disziplincharakter als solchen. Hinzukommen die geeignete, ergonomische Bekleidung und die eventuell zur Ausübung benötigten Sportgeräte. Bei meiner Sportart entfällt dies alles!

Meine Sportart können Sie nackt, in Badehose, Jogginganzug, mit oder ohne Kopfbedeckung, Barfuß, in Stiefeln,

Stöckelschuhen oder Badelatschen ausführen. Sie ist also auch für den Normalverbraucher geeignet, kann sofort von jedem ohne Investition in teure Sportbekleidung und -geräte ausgeführt werden und ist obendrein sowohl als Einzelsport, als auch innerhalb eines Teams umzusetzen:

Waldtanz!

Der Waldtanz ist das leicht tänzelnde Bewegen im Wald. Hierbei können Sie sowohl bekannte Tanzschritte einsetzen als auch selbst erfundene Bewegungsabläufe kreieren.

Erleben Sie das befreiende Gefühl des Waldtanzes! Empfehlenswert für den Anfänger ist es, zunächst auf die Atmung zu achten. Fortgeschrittene Waldtänzer können während der Ausübung natürlich auch summen, singen oder sogar schreien, was eine zusätzlich befreiende Wirkung erzielt!

Tanzen Sie auch rückwärts, seitlich mit großen und kleinen Sprüngen, gehen Sie in die Hocke, breiten Sie die Arme aus, rollen Sie den Kopf oder tun Sie einfach, was Sie wollen.

Die befreiende Wirkung ist garantiert!

Danke, ich weiß, dass ich genial bin.

Aber schön, es von Ihnen zu hören!

In waldarmen oder –losen Regionen gibt es selbstverständlich die Varianten Strandtanz, Bergtanz, Steppentanz, den Taigatanz und in den Polarzonen den Eistanz.

Bei letzterem ist leider doch auf die richtige Wahl der Bekleidung zu achten.

So, eben noch die Stullen in die Frischhaltebox und ab in den Kühlschrank.

Ist noch Zeit?

Okay, die dritte Geschäftsidee kann ich Ihnen ja erzählen, während ich mich anziehe, also drehen Sie sich mal kurz um.

Durch meine langjährige Berufserfahrung als Lagerbereichsleiter eines großen Industrieunternehmens, konnte ich eine meiner vielseitigen Aufgaben besonders ausprägen: Mitarbeiterführung. Bei aller Bescheidenheit, ich habe ein Händchen dafür.

Wirklich!

Oftmals reichen nur Blicke, um meine mir unterstellten Mitarbeiter, die ich liebevoll Untertanen nenne, zu lenken.

Max war eine Ausnahme, der Rest spurt.

Und wenn ich aus den großen Fenstern meines hochgelegenen, gläsernen Lagerbüros auf die Gänge und Kommissionierungsflächen schaue, ergreift mich ein Gefühl von Macht und Herrlichkeit. Der Blick aus meinem Glaspalast über mein Königreich löst ein wahrlich monarchisches Empfinden in mir aus. Nur die vorgeschriebene Arbeitskleidung lässt mich nicht ins Übermäßige abheben.

In Gedanken trage ich eine Krone, so jedenfalls bewege ich mein Haupt, wenn ich sicher bin, unbeobachtet zu sein.

Meine Staatskarossen und Kutschen sind Gabelstapler, die ich mit Blicken und Handzeigen dirigiere, mein Zepter ein Gliedermaßband mit metrischer Einteilung (das Ihnen vielleicht unter der Bezeichnung *Zollstock* eher bekannt ist) und mein Thron der Bürodrehstuhl, dessen oberen Rückenlehnenabschluss ich mit Schaumstoff erhöht habe, um ihn thronähnlicher zu gestalten.

Ja, ich wäre ein guter König!

Nein, König oder Fürst ist noch nicht die Geschäftsidee, obwohl ich Stefanie von Monaco nicht ablehnen würde.

Nein, die Geschäftsidee kam mir erst, als ich eines Tages mal wieder die Blicke über mein Lagerreich schweifen lies und mir vorstellte, um wie viel schöner der Job wäre, könnte ich auch weibliche Untertanen mein eigen nennen.

Sie würden mir zu Füßen liegen. Oh, wie könnte ich Ihnen entgegenkommen, wenn sie mal früher gehen wollten, zu spät kämen, unsere Werkskleidung anprobieren, auf eine Gehaltserhöhung hinarbeiten … Na, jedenfalls ergab sich aus all diesen Gedanken die Idee: ich werde Guru!

Ja, ein richtiger Guru!

Rasierte Glatze, weiße Leinentücher mit nix drunter, irgendwo im Süden, wo immer die Sonne scheint, ein riesiges Anwesen mit 20 Zimmern, Poollandschaft, exotischem Garten und allem Pipapo!

Meine Untertanen lesen mir die Wünsche von den Augen ab, die Männer arbeiten auf dem Anwesen und die Aufgabe der Frauen wäre allein die Verehrung und Beglückung ihres Meisters, also mir. Dafür erfülle ich meine mir Zugeneigten mit Liebe, Glück und Harmonie.

Die Umsetzung dieser Geschäftsidee scheiterte bisher an der Finanzierung. Aber ich arbeite dran!

So, jetzt muss ich aber los ins Theater.

Na ja, eigentlich gäbe es da noch eine Geschäftsidee, die aber noch nicht ganz ausgegoren ist.

Also gut, ich erzähle Sie Ihnen auf der Fahrt zum Theater.

Sie hat mit Kochen zu tun, mit den köstlichen Gerüchen und wunderbaren Düften von Speisen und Kräutern.

Also: warum soll man immer nur in der Küche diesen Geruchsgenuss verspüren dürfen?

Oder nur beim Bäcker?

Warum nicht auch mal im sonstigen Alltag?

Meine Idee ist daher, die leckeren Düfte von Krustenbraten, Kartoffelgratin, Döner, Lammkoteletts, gebackenem Brot und Entenbrust als Parfüm anzubieten!

Schnell vor dem Ausgehen noch ein paar Tropfen Speisenparfüm auf dem Körper auftragen und einfach nur lecker und zum Anbeißen riechen!

Stellen Sie sich doch nur mal folgenden verheißungswürdigen Abendbeginn vor:

„Was wirst du heute Abend für einen Duft tragen, Liebling?"

„*Zwiebelmettwurst* von Joop! Und du, mein Mäusezähnchen?"

„*Currywurst* von Jill Sander!"

Jetzt können Sie sich auch den Ausgang des Abends vorstellen, oder?

Also, sind Sie dabei?

Ich suche nämlich noch Investoren!

Um 19 Uhr 21 betrete ich das Foyer des Theater *Hinterm Vorhang* und stelle mich gleich an der Kasse an.

Die Zeit in der Schlange vertreibe ich mir mit Glühbirnen zählen, die in der Decke des Foyers eingelassen sind. Bei achtundfünfzig werde ich durch das schnarchend klingende Lachen einer zierlichen jungen Dame unterbrochen, die hinter einem Vorhang heraustritt. Über dem Vorhang befindet sich ein Schild mit der Aufschrift *Nur für Personal*.

Personal? Das kann von Klofrau bis Regisseurin alles beinhalten. Ist sie vielleicht Schauspielerin und tritt nach her sogar auf? Mal abgesehen von ihrem Lachen, ist sie bildhübsch anzusehen. Ihr kleines Schwarzes lässt schön geformte Beine zum Vorschein kommen und das Oberteil verrät eine gewisse Erregung.

Oh, Mann, diese Igelschnauzen!

Ja, Richie, endlich wieder Mann sein!

Schluss mit den schwulen Begegnungen des verrückten Wochenendes, schmeiße dich ran.

Hab ich ein Schwein!

Ausgerechnet vor mir durchläuft sie die Schlange, das ist ein Zeichen!

Ihren vorbei ziehenden Duft empfinde ich als dezent, aber markant. Etwa wie Hühnerbrühe.

Nein, sie riecht nicht nach Hühnerbrühe, das ist nur ein Vergleich! Sie trägt selbstverständlich echtes Parfüm.

Das wird meine Hauptfrau, wenn ich erstmal Guru bin.

Sie definiert mein neues Beuteschema... Danach käme Vanessa. Oder doch erst Vanessa?

Wie sie nur heißen könnte? Ob sie Single ist?

„Entschuldigen sie bitte!", halte ich sie lächelnd auf.

Als sie sich umdreht, wehen ihre langen blonden Haare wie in einer Haartönungswerbung-Zeitlupe von der einen zur anderen Schulter.

Ihr Augenaufschlag unterstreicht die elegante, fast anmutige Drehung. Mein Gott, auch noch blaue Augen.

„Ja, bitte?", ertönt ihre eher raue Stimme zurück. Vermutlich Raucherin.

„Entschuldigen sie, ich bin heute das erste Mal hier und wollte gern wissen, wo es nachher zur Vorstellung geht?"

Die mit mir wartenden Besucher schütteln mit den Köpfen. Geraune. Ich vernehme getuschelte, beleidigende Worte, vereinzelt Gelächter.

Oh, Mann, Richie, peinlicher geht es wohl kaum? Etwas aus der Übung, was?

Dennoch, sie geht darauf ein und lächelt sogar. Oder ist das ein Grinsen?

„Sehen sie dort das sehr, sehr große, besonders hell beleuchtete Schild mit der Aufschrift *Einlass*?"

„Ach, dort. Ja, vielen Dank!"

Komm Richie, setz nach, das war doch noch nicht das ganze Pulver.

„Der nächste Bitte!" ermahnt mich die schnaufende Stimme der beleibten Kassiererin, die es schafft, gleichzeitig zu reden und Kaugummiblasen aufzupusten.

Dieses Walross holt mich unverzeihlicher Weise aus meinen erotischen Phantasien, in denen ich gerade mit meiner neuen Hauptfrau in der Poollandschaft des Gurulandes zärtlich vereint bin, in die Realität zurück.

„Eine Karte, bitte. Möglichst weit vorn!", stottere ich, den Duft der schönen Unbekannten noch in der Nase.

„Schätzchen, hier kannst du von allen Plätzen gleich gut sehen, es gibt keine Platzkarten."

Ich überhöre das *Schätzchen*, bezahle 18,00€ und stecke die Karte schnell in die Sakkoinnentasche, den Blick nicht von meiner Hauptfrau lassend.

Sie verschwindet hinter einer Tür mit der Aufschrift *Büro*.

Ich tarne mich als, für die im Foyer ausgestellten Bilder sich interessierenden, Kunstkenner und schleiche an der Bilderwand entlang bis zur Bürotür.

Zögernd klopfe ich an.

Keine Antwort.

Ich klopfe nochmals und öffne langsam die Tür.

Agenten und sonstige Schnüffler machen das im Fernsehen auch immer und behaupten im Falle des Ertappt-Werdens, sie suchen eigentlich nur die Toilette.

„Gute Nacht, mein Liebling. Küsschen", erreichen mich die rau gesprochenen Worte meiner nunmehr ehemaligen Hauptfrau, als sie den Telefonhörer auflegt. Einen tiefen Zug aus der Zigarette nehmend dreht sie sich um. Wieder wehen ihre langen Haare von der einen zur anderen Schulter, aber das ist ja jetzt auch egal. Klar, das so etwas einen Liebling hat. Jetzt nur noch männerwürdig aus der blöden Situation heraus kommen und Schwamm drüber.
Aber wie?

„Hören sie, das hier ist das Büro! Die Toiletten sind links die Treppe rauf. Können sie nicht lesen?"

Das war die Rettung! Sie gibt mir selbst die Lösung vor!
Unter Einsatz meiner Rehaugen antworte ich: „Jetzt haben sie mich durchschaut. Nein, ich kann nicht lesen! Entschuldigen sie bitte!"
Dabei senke ich den Kopf, um die Wirkung meines hilflosen Ausdrucks noch zu verstärken.
Mitleid kommt immer gut an. Das weckt in jeder Frau die Urinstinkte. Frauen stürzen sich auf alles Schutzlose ihrer Umgebung. Das reicht vom Mutterinstinkt bis zur Tierliebe, setzt das weiblich angeborene, überentwickelte Helfersyndrom frei und funktioniert fast immer.
Langsam kommt sie auf mich zu. Ihre Brauen nun weiter über den Augen liegend, sieht sie mich mitleidig an.
„Das wusste ich ja nicht.", wird ihre Stimme gleich etwas

sanfter. „Kommen sie, ich zeig Ihnen alles, damit sie sich nachher zurechtfinden."

Beim ersten Gongschlag zwecks Androhung der Vorstellung verlassen wir das Büro. Sie führt mich zu den Herrentoiletten, zum Einlass und erklärt mir die Verhaltensmaßregeln für das Publikum in den Pausen.

Dabei lässt sie meinen Arm nicht einmal los.

Ich bin nicht blind, ich kann bloß nicht lesen!

Sanft ziehe ich meinen Arm aus ihrer Hand.

Es macht jetzt ohnehin keinen Sinn mehr weiter zu baggern. Auf sie wartet nachher ihr Liebling, der vermutlich lesen kann.

Was soll sie mit mir, einem bemitleidenswerten Legastheniker?

Der zweite Gong ertönt und ich beschließe, mein Vorhaben Eroberung der schönen Blonden endgültig abzubrechen.

So bedanke ich mich höflich und ziehe traurig ab.

Das ist nicht einmal gespielt.

Ihr Lächeln tröstet mich.

Oder doch noch mal nachsetzen?

Abgesehen von der rauchigen Stimme, der schnarchenden Lache, ihrem Mann oder Freund und dass sie denkt, ich könne nicht lesen …

Ach, gib´s auf, Richie!

Da es ja keine Platzkarten gibt, postiere ich mich nun direkt am Einlass, um den besten Platz in der ersten Reihe zu bekommen. Max wird Augen machen. Na, warte, ehemaliger Untertan des Königreiches Richie – dem Ersten.

Aber offensichtlich haben alle Zuschauer die gleiche Idee. So nach und nach werde ich immer fester an die Einlasstür gedrückt. Der dritte Gong erlöst mich und die Pforten zur Kultur werden geöffnet. Tatsächlich ergattere ich unter Zuhilfenahme meiner Ellenbogen und dreimaligen Entschuldigungsheucheln den Mittelplatz der ersten Reihe. Zurückgelehnt beobachte ich die an mir vorbeiziehende Masse. Lächerlich, diese Typen!

Die wollen alle diesen Scheiß sehen? Was treibt die hierher?

Bei mir ist es ja klar, ich will mich ja nur über Max amüsieren und hoffe, dass er sich möglichst lächerlich macht!

Aber die? Das können ja unmöglich alles Bekannte von Max sein? Schau sie dir nur gut an, Richie, die sind zur Abschreckung hier, zur Warnung, wo möglich noch freiwillig oder aus Überzeugung.

Sehen so Kunstbesessene aus?

Die Hälfte, so schätze ich, sind Lehrer und Sozialarbeiter, die ihren Intellekt damit erweitern wollen, den künstlerischen Auswurf eines Hirnverbrannten zu analysieren.

Oder sie hoffen auf erotische Darstellungen und Nackedeis auf der Bühne, um sich aufzugeilen.

Ist ja immer verrückter, was man so alles liest. Nackte Darsteller, die es auf der Bühne treiben. Pfui, wo ist das noch Kunst?

Erinnern sie sich noch an die verschmutzte Badewanne von Joseph Beuys, damals?

Ich war noch gar nicht geboren, verfolgte aber vor Jahren eine interessante Fernsehreihe über moderne Kunst der sechziger und siebziger Jahre. Allein schon, um mich darüber aufregen zu können. Wenn ich mich recht erinnere, hatte Beuys sein *Kunstwerk*, das aus einer verdreckten Badewanne bestand, einer Ausstellung in Leverkusen zur Verfügung gestellt.

Wie großherzig!

Während der Vorbereitung zur Ausstellungseröffnung benötigten die Gastronomiehelferinnen eine Schüssel oder Ähnliches, um Gläser zu spülen. Da sie nichts anderes vorfanden, entschlossen sie sich zum Schrubben einer mit Dreck und Fett versauten Wanne, um darin besagte Gläser zu reinigen.

Die Konsequenz des qualvollen Wannenschrubbens: eine Schadensersatzklage über 40.000,00DM wegen Zerstörung eines Kunstwerkes!

Sind die alle noch ganz dicht?

Ist es Kunst, wenn ich einen Haufen auf einen Stein kacke und ihn mit grüner Farbe besprühe?

Ja, werden die einen sagen, wenn es authentisch ist und Ausdruck hat. Na, den Ausdruck würde ich beim Scheißen selbstredend haben, sonst käme er ja nicht zustande.

Nein werden die anderen sagen, alles Schwachsinn!

Da kann ja jeder kommen und Künstler sein.

Ich schaue mir lieber die gemalten Bilder meiner vierjährigen Nichte an, als die ganze moderne Schmiererei, vor der regelmäßig Kunstexperten ins Staunen geraten und das fürchterliche Geschmiere auch noch diskutieren.

Die Bilder meiner Nichte sind Kunst. Sie malt die Welt, wie sie ist. Da gibt es nichts mehr zu diskutieren, nachdem sie auf meine Frage beantwortend erklärt hat, was sie da eigentlich gemalt habe.

Und außerdem verschenkt sie ihre Bilder.

Sie ist nicht vom schnöden Mammon getrieben, da stimmen noch die Werte.

Und der liebe Onkel Richie weiß die Kunst der kleinen Teppichratte auch zu würdigen indem er die Werke erst nach einiger Zeit wegschmeißt.

Sie wollen jetzt nicht wirklich mit mir über Kunst diskutieren, oder?

Na gut, betrachten wir doch mal so ein Kunstwerk eines modernen Malers: ein Farbenchaos, das in der Regel aus über einer Leinwand ausgeschütteten Farbeimern besteht, wo anschließend die Muse drüber gerutscht ist. Nach dem Trocknungsprozess landet dieses dann beispielsweise im Zimmer eines Vorstandsvorsitzenden einer Farben AG; zum einen, weil der sich den Dreck leisten kann, zum anderen weil er den Platz dafür hat, da seine Bürowände so hoch sind, wie eine Turnhalle. Dort betrachtet der Fabrikboss nun ehrfürchtig das Gemälde, während er überlegt, wie er wieder 500 Farbenfabrikarbeiter entlassen kann, ohne dass es an die große Glocke gehängt wird.

Jetzt sind Sie dran!

Andererseits beneidenswert.

Wäre ich Guru, würde ich meine eigenen Großgemälde herstellen. Alle Mädels dürften sich auf der umgeschütteten Farbe vergnügen und rumpantschen.

Selbstverständlich nackt, schon wegen des Ausdrucks.

Das Licht wird gedimmt.

Das Publikum räuspert sich noch einmal, als wenn es gleich selbst auf die Bühne gehen und etwas sagen müsste.

Ein großer Spot ist auf den Vorhang gerichtet. Aus knisternden Lautsprechern, die über dem Publikum angebracht sind, ertönt Streichermusik.

Ich denke ans Bügeln, werde aber vom Rauschen des öffnenden Vorhangs zurück zur Wahrnehmung gezwungen.

Eine Frau hustet. Ein Mann schnäuzt sich die Nase.

Deshalb gehe ich so gern ins Theater. Das ist authentisch!

Aber lassen wir das. Der Spotkegel vergrößert sich gewaltig und lässt einen auf dem Boden gekrümmt liegenden Schauspieler im Glitzeroverall erkennen, der offensichtlich mit dem Tode kämpft: Max? Elvis? Max-Elvis, der Bürger-King, verkrümmt sich mehr und mehr und ... stirbt?

Soll das Sterben sein? Der Spot geht aus, der Vorhang schließt sich, die Streichermusik endet mit einem Paukenschlag.

Ist schon Pause? Ich drehe mich um. Unsicher beginnen hinter mir zwei Herren zu klatschen, sehr zögerlich, sehr vorsichtig, umsehend und auf Unterstützung wartend.

Eine ältere Dame steigt mit ein und so nach und nach klatschen alle.

Alle, außer mir! Ne, da muss schon mehr geboten werden!

Der Vorhang öffnet sich erneut. Das versprochene, imposante Bühnenbild, das ich vermisse, zeigt lediglich eine trauernde Gemeinde vor einem Grab. Ein Transparent im Hintergrund gibt zu verstehen: *The king is dead!*

Aha, also war das eben doch die Sterbeszene, die Max so überzeugend gespielt hat.

Die Trauergemeinde löst sich auf, das Licht wird verdunkelt.

Nur der große Scheinwerfer-Spot, der mir bisher am besten gefällt, beginnt zu blitzen.

Wahnsinn, wie ein Stroboskop, irrer Effekt!

Max, nun in Jeans und T-Shirt mit Sonnenbrille, breitet seine Arme aus. Von oben schwebt an deutlich sichtbaren Nylonfäden, die vermutlich unsichtbar sein sollen, eine Gitarre hinab, um in seinen ausgebreiteten Armen zu landen.

Mit einem Ruck versucht er, die Gitarre von den Nylonfäden zu lösen, aber es gelingt ihm nicht. Die Klampfe hängt fest.

Ein zweiter Versuch. Und noch ein dritter: Peng, die Fäden lösen sich und das Klangholz wäre fast zu Boden gekracht.

Ich beginne zu lachen.

Um ehrlich zu sein, gleicht mein Lachen eher einem Grunzen, weil ich mir höflich die Hände vor den Mund halte. Mein Sitznachbar stößt mich mit dem Ellenbogen an und schüttelt, mich dabei böse anblickend, den Kopf.

Max kann mich nicht sehen, der Spot blendet ihn dermaßen, dass er überhaupt nichts vom Publikum sehen kann. Umgekehrt wäre es vielleicht … wir wollen nicht unfair sein. Er soll seine Chance bekommen und zeigen, ob er seinem Diplom doch noch gerecht wird. Notfalls hat er ja noch einen Staplerschein. Staplerfahrer werden immer gebraucht.

Über mir knackt es. Ich schaue nicht hoch, da ich denke, es gehört zum Stück und suche die Bühne nach einer eventuellen Aktion ab, die zum Knacken gehören könnte. Doch nichts passiert.

Ich reiße mich zusammen und konzentriere mich auf Max und sein Agieren. Die Gitarre liegt inzwischen in seinen Armen. Er liebkost sie kurz und hält sie so, als könne sich das gespannte Publikum auf eine Musikeinlage freuen.

Kann Max Gitarre spielen? Na, mal sehen.

Der Lautsprecher knistert kurz und schon beginnt ein heftiges Gitarrenstück, zu dem Max alias Elvis die Handbewegungen macht. Das darf doch nicht war sein! Playback? Pfui! Buh!

Wieder knackst es über mir, diesmal mit einem Zirren verbunden und mit einem Zischen, das mir das linke Ohr abzureißen scheint. Danach kann ich mich an nichts mehr erinnern.

Mit einer schmerzenden Schulter und einem Kopfverband wache ich im Krankenhaus auf.

Was war passiert?

Max… Elvis… die Gitarre …

Warum ich?

„Endlich!", höre ich die rauchige Stimme der schönen Blonden, meiner ehemaligen Hauptfrau, die offensichtlich gerade auch vom Rauchen kommt. Jedenfalls riecht sie danach, als sie sich über mich beugt, um mein Kopfkissen zu richten.

„Wir haben uns solche Sorgen gemacht, Richard!"

Richard? Woher kennt sie meinen Namen? Und dann erzählt sie schön der Reihe nach das Geschehene:

Ein Pinspot-Minischeinwerfer löste sich von der Befestigungsschelle und das für solche Fälle üblicherweise einspringende Sicherheitsstahlseilchen war nicht angebracht. Der Minispot krachte mir zum Glück nur auf die Schulter. Dabei traf er mich am Ohr, das einen leichten Riss bekam und sofort stark zu bluten begann. Ich sank nieder und lag regungslos vor der Bühne.

Der Lichttechniker erleuchtete hell den Saal, so dass alle die Blutlache, die meinen Kopf umgab, erkennen konnten. Glücklicherweise waren nicht nur Lehrer und Sozialarbeiter im Publikum, so dass ein Arzt mir umgehend Erste Hilfe leisten konnte. Max lief ins Foyer und rief Leonie (nun kenne ich endlich den Namen meiner ehemaligen Traumfrau) und alarmierte umgehend den Rettungsdienst. Da Max seine Vorstellung nach Beseitigung der Blutlache fortführen wollte, erklärte sich Leonie bereit, mich ins Krankenhaus zu begleiten.

Im Krankenwagen benötigte man zur Abrechnung des Krankentransportes meine persönlichen Daten und einen Versicherungsnachweis. Leonie fand alle erforderlichen Angaben in meiner Brieftasche.

Mit den Worten „ja, und jetzt wollte ich wenigstens warten, bis du wieder aufwachst!", beendete Leonie ihre Ausführungen. Waren wir schon auf Du?

„Danke, Leonie! Was sagt denn der Arzt?".

„Alles halb so schlimm, du hast Glück gehabt! Hättest du den kleinen Spot auf den Kopf bekommen …lass uns nicht daran denken, Richard!"

„Sag bitte Richie zu mir."

Sie streichelt meine Hand.

An der Wand des Zweibettzimmers, das ich aber allein belege, lese ich laut und deutlich eine Spruchtafel:

„Immer wenn du denkst es geht nicht mehr, kommt von irgendwo ein Lichtlein her. Sehr trostreich!"

Leonie dreht sich um, sieht an die Wand, dann zu mir. Ihre Augen rücken zu einer ernsten Miene zusammen: „Du kannst lesen?"

Scheiße! Jetzt hab ich mich verraten!

„Ein Wunder!", schreie ich, „ein Wunder ist geschehen, ich kann lesen! Juchhu!"

„Lass den Quatsch, Richie! Was soll das?"

„Ein Wunder, Leonie! Auf einmal kann ich lesen!"

„Hör auf, Richie, das ist nicht lustig! Du hast mich angelogen!"

„Ich habe nicht gelogen!"

„Wie nennst du es denn dann?"

„Ich hatte ... äh... eine andere Sicht auf die Wahrheit ..., weil ..."

„Ach hör doch auf! Einen auf Mitleid machen, du Scheißkerl!"

„Leonie, bitte, es tut mir Leid, ich musste dich doch wieder sehen. Du bist so wunderschön, hast dich so elegant bewegt... dein Duft, als du in der Schlange an mir vorbei gegangen bist, du hast mich verzaubert! Ich bin wie von Sinnen einfach hinter dir her gelaufen und ohne Anstand einfach ins Büro gekommen, das ist die Wahrheit! Bitte verzeih mir!"

„Wirklich? Richie, was sagst du denn da?"

In ihrem Lächeln liegt Vergebung. Ich lächele unter Schmerz zurück. Wieder streichelt sie meine Hand.

„Ich muss jetzt gehen, Richie", zupft sie verlegen ihr Kleid zurecht.

„Ich weiß, dein Mann wartet."

„Nein, ich habe keinen Mann."

„Dann dein Freund?"

„Nein, Richie."

„Aber wer ist denn dann der Liebling von dem Telefonat vorhin?"

„Meine Tochter Lea."

Sie hat keinen Liebling! Also keinen Kerl! Vielleicht besteht ja doch noch Hoffnung! Eine Tochter? Was soll´s!

Leonie verabschiedet sich mit einem Wangenkuss oder besser Bindenkuss, da der Verbandmull den direkten Kontakt zwischen meiner Wange und ihrem Mund nicht zulässt.

Wir tauschen Telefonnummern und Luftküsse aus.

Die Tür geht auf. Leonie geht und mein behandelnder Arzt tritt von zwei Schwestern umgeben an mein Bett, um mir zu versichern, dass ich in ein bis zwei Tagen wieder nach Hause könne.

„Was?"

„Beruhigen sie sich, Herr Bond! Wir wollen Sie einfach noch ein wenig beobachten."

„Ich lasse ihnen ein Bild von mir hier, okay? Jedenfalls werde ich jetzt nach Hause gehen. Veranlassen sie alles Nötige, Herr Doktor. Sie haben doch so Papiere mit *auf eigenen Wunsch entlassen* und so, oder?"

„Das wäre unverantwortlich, Herr Bond!"

Ich springe auf und suche meine Klamotten zusammen. Demonstrativ ziehe ich mich an.

Nach langer Diskussion mit dem Arzt und einer kurzen Taxifahrt sitze ich vierundsiebzig Minuten später mit einem Brummschädel auf meinem Sofa.

Es ist 23 Uhr 21 und ich blicke zurück auf eines meiner schlimmsten Wochenenden, die ich je erlebt habe.

Ich schwöre!

3. Kapitel: Alltag

Nach vier Tagen häuslicher Genesung, nehme ich meinen Kopfverband ab und dusche ausgiebig. Endlich wieder Wasser über dem Kopf. Ein Pflaster reicht, um die nur noch kleine Wunde am Ohr zu schützen. Die Schulter schmerzt kaum noch. Die Polster im Sakko haben Schlimmeres verhindert.

Morgen gehe ich wieder arbeiten. Freitag.

Ein Arbeitstag und schon wieder Wochenende, auch nicht schlecht.

Leonie hat jeden Tag angerufen oder eine Email geschrieben und gefragt, wie es mir geht.

Wir haben dabei viel über uns erfahren und ich war beeindruckt, dass meine raue Schöne eine Theaterbesitzerin ist.

Schöne Grüße von Max erreichten mich und er hätte sich gefreut, dass ich in seine Vorstellung gekommen war.

Frisch und munter komme ich Freitagmorgen in der Firma an, nachdem ich mein Auto per Taxi vom Theater abgeholt hatte. Mein Chef begrüßt mich herzlich und zeigt mir seine Freude über meine Genesung. Offenbar konnte mir meine Krankheitsvertretung, Prinz Philipp, nicht das Wasser reichen. Sehr schön!

Prinz Philipp ist Philipp Neuberger, der Lagerbereichsleiter Maschinenkleinteile. Sein Lagerbereich liegt neben meinem, so dass wir uns ins Urlaubs- und Krankheitszeiten gegenseitig vertreten.

Ich nenne ihn Prinz, weil er eben zeitweise mein Königreich in genannten Abwesenheitszeiten regieren darf.

Prinz Philipp ist glücklich mich zu sehen. Wir besprechen kurz das Wesentliche, dann nehme ich wieder mein Zepter in die Hand, setze meine imaginäre Krone auf und schreite durch mein Königreich zwecks Kontrollgangs.

Die „Hey, Richie, alles fit im Schritt"-Rufe lassen mich spüren, dass meine treuen Untertanen ihren Herrscher wirklich vermisst haben. Ich erteile Ihnen meine Gunst, bedanke mich für die Genesungswünsche und verkünde ein herzliches „Weitermachen!".

Die Frage unseres neuen und überaus vorlauten Azubis „Was denn für Genesungswünsche?" wird durch Staplerfahrer Ronnies „Halt die Klappe, du Saustift!" im Keim erstickt. Selbstverständlich habe ich das überhört.

Als Regent muss man in der Lage sein, zu unterscheiden, welche Äußerungen von Untergebenen zu werten sind und welche nicht.

Ich klapse meinen Lieblingsuntertanen Johnny im Vorbeigehen freundlich auf die Schulter und schreite zurück in mein Büro. Johnny war mein erster Auszunutzender… äh… Auszubildender. Durch meine starke Hand und seiner Anpassungsfähigkeit entwickelte er sich zu einem hervorragenden Lageristen.

Er ist stets behilflich, wenn es um Informationsbeschaffung über die Stimmung in meinem Königreich geht, zum Beispiel wie meine Untertanen ihrem Monarchen gewogen sind.

Fürstenspitzel ist eine etwas harte Umschreibung, aber weniger beleidigend als *Kameradenschwein*.

Armer Johnny, aber er hält sich wacker gegen die Kollegen.

Tja, die anderen Untertanen sind, wie bereits erwähnt, im Urlaub. Da wäre noch Jochen, der Hofnarr. Er ist ein Clown und Sprücheklopfer, der wiederum Informationen über Johnny bereithält, sicher ist sicher. Außerdem Tommy, der Feldmarshall. Er ist Mitverantwortlicher für den Lagerbereichsfuhrpark von der Transportkarre bis zum 4 to.-Stapler. Zu guter Letzt gibt es noch Uli, die Waldfee, die mein Königreich mit seiner zierlich tänzerischen Art abrundet.

Uli geht nicht, er tanzt. Die Arme dabei immer frei schwingend am Körper, was mit dicken Arbeitshandschuhen besonders lächerlich aussieht. Sein Getänzel sorgte dafür, dass ich ihn für meine Geschäftsidee *Waldtanz* schon als Mitinitiator in Betracht gezogen hatte.

Es scheint, er würde jeden Moment abheben und durchs Lager fliegen. Aber sonst ein feiner Kerl, der einen guten Job macht. Jetzt kennen Sie meinen Hofstaat.

Erwähnenswert wäre noch, außerhalb meines Königreiches, Werner, unser Exportleiter. Er ist die rechte Hand unseres Chefs und hat den Betrieb *aus der Scheiße gezogen*, wie er gern auf Betriebsfesten nach dem elften Weizen erzählt.

Wenn man ihn lässt, erwähnt er nach dem sechzehnten Weizen auch gern noch, wie er im brasilianischen Busch gegen Indianer und Anakondas gekämpft hat. Damals, als die Welt noch in Ordnung war, als es noch die gute, alte D-Mark gab, als die Ossis noch da waren, wo sie hingehörten, als Schwulsein noch verboten war, als man Andersfarbige noch Neger nennen durfte, als Fußball noch ein Sport war und kein Wirtschaftszweig und überhaupt!

Werner hat sich damals dann auch gleich eine brasilianische Frau mitgebracht, der er bis heute strengstens untersagt hat, einen deutschen Sprachkurs zu besuchen. „Die muss nur wissen, was ich ihr beibringe!"

Mit Hilfe verschiedener, gut vorbereiteter Fangfragen, haben wir Kollegen inzwischen herausgefunden, dass Werner nie in Brasilien war. Seine bemitleidenswerte brasilianische Ehefrau wurde Opfer einer Partnervermittlungsagentur, der modernen Form des Sklavenhandels.

Der angebliche Südamerikareisende hat sich die Schöne einfach aus einem Katalog bestellt.

„Herr Bond, bitte zur Warenannahme", entnehme ich der Lautsprecherdurchsage und denke sofort an Micha und Müischa. Oh nein, die habe ich ja ganz verdrängt!

Ob die schon das Gerücht in die Welt gesetzt haben, ich sei schwul?

„Richie, wie schaut´s mein Gutster?" begrüßt mich der ostdeutsche Micha. Der westdeutsche Müischa grinst nur.

„Na, Jungs, was gibt´s?", bemühe ich mich rein dienstlich und besonders maskulin zu erscheinen.

„Nix, wir wollten nur mal hören. Kannst ja hier mal die Paletten kontrollieren, damit es wenigstens so aussieht, als ob."

Unglaublich! Da lassen mich diese beiden Heimchen antanzen, um *mal zu hören*?

Wen glauben die vor sich zu haben? Einen Stift?

Nur, weil sie mir, nein Matze, mal aus der Patsche geholfen haben sind wir noch lange keine Kumpels! Und bezahlen lassen haben sie sich auch, diese Verräter!

Ich kehre ihnen den Rücken zu und rufe im Weggehen „Wenn ihr nichts zu tun habt, könnt ihr ja den Hof fegen, verstanden?"

Werner tritt aus dem Treppenhaus und scheint meine Aufforderung an die beiden Kollegen mitgehört zu haben.

„Richtig so, Richard, sach den Schwuchteln mal an! Die sind eh nicht ausgelastet! Aus dir wird hier noch was!"

Seine klosettdeckelgroße Hand trifft mich hart an der noch leicht verletzten Schulter. Vor Schmerz gehe ich auf die Knie, die rechte Hand den linken Ellenbogen haltend.

Werner hilft mir auf und dreht sich um, ob uns jemand gesehen haben könnte und heuchelt Unschuld.

Micha und Müischa drehen sich ebenfalls um und verlassen mit Besen bewaffnet den Wareneingangsbereich in Richtung Hof.

„Immer noch nicht ausgeheilt, was? Wird schon, Junge, beiß die Zähne zusammen, ich muss jetzt los."

„Tschüss Werner, schönes Wochenende!"

„Joh, Junge, dir auch!"

Mit Schmerz verzogenem Gesicht schreite ich in mein Königreich zurück und lasse mich auf meinem Thron nieder. Meine Untertanen geben die Kommissionierungslisten ab und bereiten sich auf den Feierabend vor. Ich erledige noch den restlichen Papierkram, schicke Johnny mit den Ordnern zur Buchhaltung und schreite ein letztes Mal durch mein Reich zwecks Kontrollgang.

Alles paletti. Schönes Wochenende allerseits.

Wochenende?

Ich darf gar nicht an letztes Wochenende denken!

Mit schmerzender Schulter schaffe ich es, meinen Wagen nach Hause zu lenken. Beim Einparken muss ich mich stark zusammenreißen, um das Steuer nicht aus der Hand gleiten zu lassen.

Eigentlich wollte ich noch einkaufen. Und eine Jeans bei Elmar. Ne, war ein Scherz!

Zum Glück ist es nicht mehr so heiß, wie letzte Woche.

Dennoch, ich brauche jetzt erst mal mein Lieblingsgeräusch, dann sehen wir weiter. Vorsichtshalter lege ich eine Armschlinge um.

Was Leonie wohl macht? Ich kann nicht widerstehen und rufe sie im Theater an. Momentan mein einziger Lichtblick.

Keine Conny, keine Rita, keine Vanessa.

Aber auch kein Matze und kein Elmar samt Handschellen besitzendem Anhang.

Leonie entschuldigt sich, dass sie keine Zeit habe, sich aber über den Anruf freue. Sie rufe vielleicht später zurück.

Vertrösten nennt man so etwas, glaub ich. Aber ich spüre keinen Trost, sondern Wut!

Wut auf alles Geschehene, auf den Schmerz in der Schulter und nach kurzer Zeit sogar über die ganze grausame, gegen mich gerichtete Welt!

Warum ich?

Mein Selbstmitleid wird durch den Anruf meiner Lieblingssteppichratte, der vierjährigen Künstlerin, unterbrochen:

„Onkel Richie?"

„Ja, Nadine, hier ist Onkel Richie. Wie geht es dir denn?"
Pause
„Nadine, bist du noch dran?"
Pause mit Atemgeräuschen. Jedenfalls lebt sie.
„Na-di-hien, hallo?"
„Kommst du morgen, Onkel Richie?"
„Morgen? Was ist denn morgen?"
„Kommst du morgen, Onkel Richie?"
Wann lernt dieses Kind endlich, was eine Frage ist und dass man Erwachsenen höflich zu antworten hat?
„Gib mir mal die Mama, Nadine!", versuche ich es diesmal mit einer strengen Aufforderung, da Fragen stellen offensichtlich keinen Sinn ergibt.
„MAAAAAAMAAAAA! OOOOOONKEL RIIIIIII-IICHIIIIE!"
Gerade noch rechtzeitig, bevor mein Trommelfell platzt, reiße ich den Hörer vom Ohr. Warum nimmt diese dezibelrekordhaltende Zwergin nicht die Sprechmuschel vom Mund, während sie nach ihrer Mutter schreit?
„Hallo, Richie, was gibt´s?"
„Wie, was gibt´s?"
„Na, du hast doch angerufen, Richie?"
„Nein, ihr habt mich angerufen!"
„Wir?"
„Na schön, Nadine hat angerufen!"
„Nadine? Schatz, du kannst schon Onkel Richie anrufen? Mama ist stolz auf dich! Komm her Schatz, jetzt hast du dir aber einen Schmatzer verdient …"

Ich lege auf, da mir meine Erfahrung mit ähnlichen Begebenheiten zeigt, dass nun Mamas Schatz und ganzer Stolz für mindestens eine Stunde gelobt, geknuddelt und zum klügsten, nein genialsten Kind der gesamten Hemisphäre gekürt wird. Mutterglück eben.

Ich finde mich damit ab, dass ich meine Tiefkühlpizza ohne Gurkensalat zu mir nehmen muss. Dank Pizzaschneiderad kann ich ohne Besteckeinsatz schmerzfrei essen.

Das Telefon klingelt erneut.

Ich wette mit mir selbst, dass es meine Schwester Ulla ist, um mir den triumphalen Erfolg Ihres Wunderkindes Nadine zu erläutern, der auf die Tatsache zurückzuführen ist, dass sie Nadine als Unterwassergeburt hat auf die Welt kommen lassen und sie ab dem ersten Lebensjahr viersprachig aufzog. Ulla war früher, vor Eintreffen des Klapperstorches, Fremdsprachenkorrespondentin für französisch, englisch und portugiesisch, als sie Hubert aus Passau bei einem Job kennen lernte. Es war Liebe auf den ersten Blick und Schwangerschaft auf den ersten Stich. Hubert, eher traditionell erzogen, erklärte seiner elf Wochen später angeheirateten Ulla, dass seine Gattin nicht arbeiten müsse. Als Geschäftsführer einer, auf dem südamerikanischen Markt spezialisierten, Import-Export-Firma verdiene er genug. Ulla, die treue Seele, gehorchte.

Wenn ich daran denke, was Schwesterherz für Chancen in ihrem Job hatte, könnte ich Schwagerherz Hubert den Hals umdrehen. Sie verstehen vielleicht, dass wir uns daher nicht besonders mögen und selten sehen. Die Entfernung zu Passau fügt ein weiteres Argument hinzu.

Aber ich bin froh, dass ich hin und wieder in das Familienleben meiner Schwester einbezogen werde. Damit meine ich die Telefonate mit Nadine.

Vor etwa einem halben Jahr hat sie mir auf Portugiesisch erklärt, dass sie einen Baum im Garten gepflanzt hätten.

Ulla übersetzte simultan.

Ich bat damals Nadine, als deutsches Kind auch deutsch mit mir zu reden, was sie auf Französisch bestätigte und mir ihre Betrübnis darüber zum Ausdruck brachte, dass ich nur eine Sprache spreche.

Ich wies sie auf Englisch zurecht, um ihr zu zeigen, dass Onkel Richie keineswegs ein Fremdsprachenversager sei.

Dabei müssen einige, ihr unbekannte Vokabeln gefallen sein, die ihre Mutter im kurz darauf folgenden Telefonat als Vulgärsprache strikt ablehnte. Und was ich mir dabei gedacht hätte.

Meine Erklärung, dass doch alle Kids diese neo-anglistischen Ausdrücke in unsere deutsche Sprachkultur übernommen hätten, beantwortete sie schreiend mit dem Hinweis, dass Nadine aber noch zu klein wäre, um Worte, wie *shit* und *fuck* in ihren Sprachschatz zu führen.

Mit geschlossenen Augen nehme ich den Hörer ab, um in der Anzeige nicht zu sehen, wer dran ist. Die somit kurz erzeugte Spannung wird von Wut abgelöst: Matze!

Er hätte jetzt einen Festanschluss und wolle mir seine Nummer durchgeben. Auf meine Frage, wo er denn das Geld dazu hätte, säuselte er von einer guten Fee, die über ihn ein Füllhorn voller Gold ausgeschüttet hätte.

„Bist du schon wieder besoffen, Matze?"

„Nee, nur´n bisschen bekifft."

„Was?"

„Keine Sorge, Richie, alles easy! Kommste vorbei?"

„Spinnst du? Erstens habe ich schon zwei Kölsch intus,

zweitens trage ich eine Armschlinge und drittens hab ich keine Lust, dich wieder nackt über die Badewanne zu hängen, weil du deine Sucht- und Hygiene-Probleme nicht in den Griff bekommst!"

Das hat offensichtlich gesessen. In einer längeren Pause, die mich an die Gespräche mit Nadine erinnern, höre ich ihn röcheln.

„Völlig uncool von dir, Richie! Wollte doch nur´n bisschen abfeiern mit dir."

„Matze, woher hast du die Kohle?"

„Von Franziska und Olli. Die hatten ´en schlechtes Gewissen, weil sie mir den Umzug abgesagt hatten und fragten, ob sie sonst ´was für mich tun könnten."

„Geschenkt oder geliehen?"

„Was meinst du denn, Richie?"

„Ob du die Kohle geschenkt oder geliehen bekommen hast?"

„Weiß nich´, warum denn?"

„Wenn sie geschenkt ist, gehört sie mir, du Arsch, weil du mir reichlich schuldest, schon vergessen?"

„Ne, hab ich nich´, ist aber nur geliehen, glaub ich. Was hast du denn da eben von Schlinge gesagt? Hast du den Kopf in der Schlinge, Bruder? Ich hau dich raus." Gekicher.

Diesmal lege ich eine Gesprächspause ein. Ich werde diesem Arsch doch jetzt nicht die Armschlinge erklären. Abbrechen, Richie, Abbrechen!

„Tschüß, Matze, wir telefonieren die Tage noch mal!"

Die Antwort gar nicht erst abwartend, lege ich sofort auf. Ablenken, Richie, ablenken!

Wollte Leonie nicht anrufen? Wahrscheinlich hat sie es versucht, während das Wunderkind und der Kiffbruder die Leitung besetzt hielten. Ich werde sie anrufen.

„Theater Hinterm Vorhang."

„Hallo, hier ist Richie Bond. Ist Leonie zu sprechen?"

„Ne, die ist in einer Probe."

„Wann ist die Probe denn zu Ende?"

„Gleich, aber dann ist der Umbau für die Vorstellung nachher."

„Gibt es eine Minute zwischen Probenende und Vorstellung, in der ich Leonie sprechen könnte?", werde ich langsam ungeduldig.

„Kann schon sein. Aber hier ist ziemlich Stress, der Kopierer ist kaputt."

„Aha!", beginne ich zu resignieren.

„Sehen sie sie denn gleich, um ihr etwas auszurichten?"

„Weiß nicht. Wenn sie ins Foyer kommt, schon."

Es hat keinen Sinn. Ich gebe ganz auf und bedanke mich für die freundliche Unterstützung beim Versuch, die Chefin sprechen zu dürfen. Die blöde Schelle sollte beim Geheimdienst anfangen, an der kommt keiner vorbei. Die ist noch cooler als mein Namensvetter James.

Ich finde mich mit der Tatsache ab, dass der heutige Freitag wohl so enden wird, wie der letzte: ohne Frau.

Sie werden sich sicher schon gefragt haben, warum der sympathische Richie denn keine Freunde habe, also keine echten Kumpel?

Nun, um ehrlich zu sein, nein.

Früher hatte ich jede Menge Kumpels, eine richtig coole Clique. Wollen Sie Namen?

Okay: Matze, Olli, Bernd und Rolf.

Matze kennen Sie ja schon.

Olli wenigstens vom Hörensagen. Der, der mit Franziska bei Matzes Umzug helfen sollte. Olli lernte ich bei einem Rockkonzert kennen. Der Riese stand im Gedränge vor mir und nahm mir die Sicht auf die Bühne. Meine Versuche ihn zu überzeugen, dass er sich hinter mich stellen solle, lehnte er ab.

Den Sonntag drauf traf ich ihn in einem Cafe wieder. Er sprach mich zu erst an, ob ich nicht der komische Kauz aus dem Konzert sei. Wir diskutierten über die *geile Mucke*, wechselten von Cappuccino zu Kölsch und blieben bis zum Abend, über das Leben und die Welt sinnierend, sitzen. Einige Gemeinsamkeiten wie Musikgeschmack, die Freude, den vorbeigehenden Mädels hinterher zu gucken und ihre Sexleidenschaft in einer Skala von eins bis zehn einzuschätzen, Dinge der Umgebung zu zählen, um die Zeit totzuschlagen und ähnliche elementare Lebensinhalte, ließ uns öfter zusammen kommen.

Meine anderen Kumpels fanden ihn okay, um ihn in die Clique aufzunehmen. Der Riese Olli war genauso schüchtern wie lang.

In einer unserer Kneipenabende fragte er mich einmal, ob ich eine Frau für ihn ansprechen könne. Na klar, kann ich das! Und außerdem bin ich sein Kumpel. Ich zögerte nicht lang und sagte, er solle mir seine Favoritin zeigen. Seine Wahl fiel auf eine kleine, niedliche Schwarzhaarige mit, in Proportion zum restlichen Körper, etwas zu großen Brüsten. Gute Wahl!

„Hallo, entschuldige bitte, aber mein Freund da drüben ist etwas schüchtern und würde dich gern kennen lernen!", fiel ich gleich mit der Tür ins Haus. Ich war für meine Offensivflirts bekannt.

„Aha!", antwortete sie am Strohhalm ihres Longdrinks lutschend.

„Bist du zufällig allein hier und könntest mir den Gefallen tun, den Riesen da hinten mal kurz anzulächeln?"

„Nur anlächeln?"

„Ja, nur mal kurz anlächeln, ist das okay für dich? Ich mag diese Anmachen selbst nicht und komme mir auch ziemlich blöd vor. Aber er ist mein Freund und hat momentan eine schwere Zeit. Bitte!"

Sie nahm einen kräftigen Strohhalmzug und lächelte Olli tatsächlich an. Dabei neigte sie ihren Kopf leicht zur Seite. Ollis Herz schlug bis zu uns herüber. Oder war es meins, das sich just in diesem Moment in sie verliebte?

„War es das? Ich meine, war es so richtig?"

„Das war großartig. Ich danke dir. Ich bin übrigens Richie."

„Franziska."

„Freut mich, Franziska. Na dann …"

„Willst du schon gehen, Richie?"

„Ja, äh, ich … hab dich ja schon genug belästigt, oder?"

„Sag mal, kann es sein, das nicht dein Freund, sondern du ziemlich schüchtern bist und ne Mutprobe absolvierst oder hier irgend so ne doofe Männerwette abgeht?"

„Nein, wirklich nicht! Ich schwöre!"

„Okay, Richie. Warum trinken wir nicht was zusammen und du erzählst mir von dir?"

„Gut! Ich sag nur kurz Olli Bescheid und komme gleich wieder. Nicht weggehen, bitte!"

Olli konnte meinen offensichtlichen Erfolgsbericht kaum erwarten und war äußerst entzückt, dass die kleine

Schwarze Franziska hieße und voll auf ihn abfahre. Sein Augenleuchten ließ mich weiter lügen, ich konnte meinen Kumpel doch nicht verletzen. Er zeigte auch sofort Verständnis dafür, dass ich nun wieder zu ihr rüber gehen müsste, um sie für ihn klar zu machen, aber er sollte Geduld aufbringen.

Das tat er. Einsam im Hintergrund, uns ständig beobachtend.

Es wurde ein wunderbarer Abend!

Also für mich. Olli verschwand völlig betrunken gegen Mitternacht, als es bei Franziska und mir langsam zur Sache ging. Gegen zwei Uhr lagen wir in Ihrer Kiste und …Na ja, keine Einzelheiten. Nur vielleicht so viel, dass sie mich ziemlich enttäuschend fand. Sie hätte es meiner Nase schon angesehen, nahm Bezug auf diesen bescheuerten *Johannes-Spruch*, wollte es aber trotzdem probieren. Ich sollte nicht traurig sein. Die Chance von Topf und passendem Deckel stehe eins zu einer Million und ich läge schon ziemlich weit vorn.

Ich war aber gar nicht traurig, im Gegenteil! Es war stockdunkel und die somit bestehende Gefahr, die Tapetenmusterquadrate zu zählen, gebannt.

Für mich war es ja okay, aber das musste ich ihr ja nun auch nicht mehr sagen. Lediglich das ständige Festhalten dieses XXL-Kondoms war nervig. Ich zeigte gute Miene zum scheinbar bösen Spiel und erklärte die Vorzüge von Riese Olli und das ich mal bei einem gemeinsamen Schwimmbadbesuch unter der Dusche etwas gesehen hätte, was sie vielleicht interessieren könnte. Es bliebe alles unter uns und ob sie nun Olli mal kennen lernen wolle. Nach gemeinsamen Frühstück und Übereinstimmung zum Schweigen über uns und Ollis Geheimnis, verabschiedete sie mich mit der Bitte, ihr Ollis Telefonnummer da zu lassen.

Olli war mir unendlich dankbar! Franziska übrigens auch.

Wozu hat man Freunde?

Der Kontakt brach aber dennoch ab, weil Franziska eines Tages das Schweigegelübde brach und Olli von unserer Nacht erzählte. Er verzieh mir nur deshalb und sah auch von Prügel ab, weil er auf diesem Wege seine Traumfrau kennen gelernt hatte.

Aber glauben Sie mir: wenn ich zwecks Zubereitung meines geliebten Salates möglichst große Gurken kaufe und sie fachmännisch befühle, ob sie auch schön fest sind, denke ich oft an diese Zeit zurück. Widerlich!

Aber kommen wir zu Bernd. Das geht schnell. Bernd war eher zurückhaltend während unserer Cliquenpartys und beteiligte sich auch nicht weiter an unseren Fachgesprächen, das weibliche Geschlecht betreffend. Uns beeindruckte seine seelsorgerische Art und die Kunst, gleichsam Trost zu spenden und Mut zu machen. Sein ihm von uns liebevoll gegebener Spitzname *Klosterbruder* schien ihn letztlich überzeugt zu haben. In einem bayerischen Kloster sieht er nun seiner Berufung zum Gottesdiener entgegen.

Ich möchte ausdrücklich erwähnen, dass ich den allerhöchsten Respekt vor ihm habe und glaube, dass es genau der richtige Weg für ihn ist! Dennoch, er fehlte uns schon bald.

Bleibt noch Rolf, der Unentschlossene. Unentschlossen, was die Zuneigung zu beiden Geschlechtern betrifft. Auch hierbei ist nichts Lächerliches! Der arme Rolf litt immer darunter, morgens aufzuwachen und nicht zu wissen, ob er Männlein oder Weiblein sei. Rolf wurde damals durch

Matze in die Clique gebracht. Nach einer gemeinsam besuchten Party schliefen beide im selben Bett, weil der Gastgeber nicht ausreichend Einzelbetten zur Verfügung hatte. Während Rolf am Vorabend noch fleißig den Mädels hinterherstieg, kuschelte er sich am Morgen danach an Matze und begann ihn langsam zu entkleiden. Und möchte man Matzes Erzählungen glauben, war er schon bis auf die Unterhose ausgezogen, als er endlich aufwachte und mit einem gewaltigen Brummschädel den nackten Rolf über sich entdeckte. Nach einer kurzen Rangelei, die Matze mit einem gezielten Schlag in Rolfs Magengegend beendete, redeten sie zwei Tage und zwei Nächte lang und wurden echte Kumpels.

Sie werden sich fragen, warum dieser Kumpel dann bei Matzes Umzug nicht zugegen gewesen sei.

Nun, Rolf entschied sich eines Tages doch für ein Geschlecht und lebt heute mit seinem reichen, spanischen Freund auf Teneriffa. Auch er hat seinen Weg gefunden und mir fällt ein, dass ich ihn eigentlich immer mal besuchen wollte. Die Telefonnummer hängt vergilbt an meiner Küchen-Pinwand.

Jetzt kennen Sie meine Clique bzw. das, was aus ihr geworden ist.

Ja, ich gebe zu, dass es in der Vergangenheit immer viel um Sex ging, weniger um richtige Partnerschaft.

Deshalb sehne ich mich ja inzwischen nach Frauen, wie Vanessa oder nun Leonie, um vielleicht doch noch in einen sicheren Hafen einzulaufen.

Prost!

Nach Verzehr des Inhaltes meines vierten Lieblingsgeräuschabgebers werde ich müde.

Vielleicht sollte ich ins Bett gehen, um nicht wieder einmal in nächtlicher Morgenstunde vor dem Fernseher aufzuwachen.

Meinen erschlafften Körper endlich zum Erheben aufrappelnd, versetzt mich das Telefonklingeln in ein Rückfallen auf das Sofa.

„Bond", gebe ich erschöpft von mir.

„Hallo, Richie, hier ist Leonie. Schläfst du schon?"

„Ne, ich komme gerade aus der Disco und hab mir ein paar Häschen zum Vernaschen mitgebracht."

„Sehr witzig! Du hast versucht, mich zu erreichen?"

„Nein, warum sollte ich dich denn anrufen wollen?"

Woher kommt plötzlich diese selbst zerstörerische Stimmung in mir auf? Bin ich bescheuert?

„Hör zu, Richie, auf so ein Gespräch hab ich nach so einem harten Tag keine Lust, machs gut!"

„Nein, warte, bitte! Es tut mir Leid! Verzeih mir! Ich habe den ganzen Abend auf deinen Rückruf gewartet, weil ich schon drei Mal bei dir angerufen habe und du nie Zeit hattest."

„Dreimal? Ich weiß nur von dem einen Mal, als Moni das Gespräch vom Foyer aus annahm, während wir Proben hatten."

Diese Moni! Geheimdienst, sag ich ja!

„Wie auch immer, Leonie, sehen wir uns noch?"

„Jetzt noch? Ich bin total fertig! Außerdem ist mein Auto schon wieder kaputt und Max wollte mich eben noch zu meiner Mutter fahren, um die Kleine abzuholen."

„Ich denke, der Kopierer sei kaputt?"

„Ja, der auch, deshalb musste ich die Programmzettel ja noch schnell im Copyshop drucken lassen. Verdammt noch mal, das ist eben mein Job und manchmal ist es eben stressig! Ist das nur bei euch Männern erlaubt, Richie, oder dürfen Frauen auch mal abends müde sein, wenn sie von der Arbeit kommen?"

„Ist ja schon gut, reg dich doch nicht so auf! Du willst jetzt noch die Kleine holen? Aber die schläft doch bestimmt schon."

„Meine Mutter fährt morgen früh in Urlaub, ich muss Lea jetzt abholen. Und wenn Max mich nicht gleich fährt, muss ich ein Taxi zahlen. Also, gute Nacht, Richie."

„Gute Nacht!"

Ausgerechnet Max. Wieso ist der eigentlich im Theater?

Ich denke, der spielt nur sonntags?

Sollte das eben ein Telefonat mit meiner großen Liebe gewesen sein?

Scheiße!

Komm, Richie, geh ins Bett.

Für einen Samstagmorgen bleibe ich sehr lange im Bett liegen. Ich muss unglücklich auf meiner Schulter gelegen haben, sie schmerzt gewaltig. Womit könnte ich mich selbst zum Aufstehen überreden? Vielleicht der Druck auf der Blase? Okay, überredet.

Der Klobesuch entspannt. Nur ärgerlich, dass gerade jetzt das Telefon läutet. Super Timing!

Nach dem vierzehnten Klingeln erreiche ich den Hörer.

„Bond. Wer stört?"

„Ich störe?", lässt die Anruferin unsicher werden.
„Wer ist denn da?"
„Conny."
„Conny? Hey, Conny! Na, zurück aus dem Urlaub?"
„Scheiße, Urlaub, Kotze mit Rüben! Kann ich hochkommen?"
„Wie hochkommen?"
„Ich stehe vor deiner Tür!"
Zwei Minuten später liegt Conny zunächst stehend und weitere drei Minuten auf der Couch in meinen Armen.
„Richie", schluchzt sie, „Oh, Richie! du weißt nicht, was ich durchgemacht habe!"
„Ich denke, du bist mit Rita im Urlaub?"
„Urlaub? Dieses Teufelsweib hat mich fertig gemacht!"
„Wie denn fertig gemacht?"
„Erst macht sie auf gute Freundin und dann zwingt sie mich, ihre Zofe zu spielen!"
„Wie, Zofe? Sexuell?"
„Die ist völlig verrückt geworden. Die hat so einen reichen Typen kennen gelernt mit ´nem Boot und sich als Gräfin ausgegeben. Und mich hat sie überredet, als dumme Zofe hinter ihr her zu trotten, so bald dieser Yachtbesitzer in die Nähe kam."

Ich kann mein Grinsen nicht länger unterdrücken. Einerseits wegen der Gräfin, andererseits und hauptsächlich aber, weil Conny zurückgekehrt ist. Eine Tatsache, die meiner Männlichkeitsverletzung des letzten Wochenendes eine gewisse Genugtuung gibt.
Conny bemerkt mein Grinsen nicht, da sie fest mit ihrem Kopf an meine Brust gedrückt höchstens bis zu meinem

Kinn schauen kann. Ach, tut das gut! Jetzt kann ich alles von ihr haben!

Wer angekrochen kommt, hat verloren. Sie müsste eigentlich merken, dass meine Brust anschwillt. Auch spüre ich keinen Schulterschmerz mehr. Ich bin geheilt! Stolz heilt eben.

„Und was geschah dann?", spiele ich den Interessierten.

Viel wichtiger ist mir, meine Hand unter ihren Pulli zu bekommen, um ihren Rücken zu massieren. Das mag sie besonders gern.

„Sie hat mich ständig herumkommandiert und ist dann einfach verschwunden. Als ich sie dann suchen ging, fand ich sie im Hafen auf dieser scheiß Yacht. Ich hab mir echte Sorgen gemacht und mich sogar verkleidet, um sie beobachten zu können. Oh, Richie, das tut gut! Fester, bitte!"

„Und dann?"

„Hmmm, Richie, noch fester. Ja, so! Sie hat sich nicht mal gemeldet. Ich war ihr auf einmal völlig egal. Diese Schlampe hatte jeden Tag nagelneue Fummel an."

„Oh, du Arme!", erreicht meine massierende Hand nun langsam ihren Poansatz.

„Ja, ich Arme! Vorgestern hat es mir gereicht. Ich habe den Flug umgebucht und bin gestern Nacht nach Hause gekommen. Ich musste mit jemandem reden, Richie. Mit dir. Ist das schlimm?"

„Aber wieso denn. Wozu hat man denn Freunde?"

„Ja, schon. Aber ich dachte wegen Ritas Anruf letzten Freitag."

„Ach was, ich habe doch gemerkt, dass das von Rita ausging. Wir haben uns doch nichts vorzumachen, Conny. Du hattest doch bestimmt zwischendurch auch mal den einen oder anderen, oder?"

„Den einen oder anderen? Wofür hältst du mich? Da war höchstens …, Na ist ja egal, jetzt ist ja alles wieder gut. Ist doch alles wieder gut, Richie, oder?"

„Aber ja, Süße! Holst du uns mal einen Kaffee?"

Was für ein Vormittag! Was für ein Nachmittag!

Gegen siebzehn Uhr verlassen wir das Bett. Das Telefon hatte mehrmals geläutet, aber im Eifer des Gefechts habe ich endlich mal wieder die Welt um mich herum vergessen.

Mein Handy hat sich mangels Akkureserve von selbst ausgestellt.

„Wie erging es dir denn?" ruft sie inzwischen aus dem schäumenden Wannenbad.

„Och, da war weiter nichts erwähnenswertes, weißt du", lüge ich und suche die Nummer vom chinesisch-mexikanisch-italienisch-amerikanischen Pizzataxi raus.

„Magst du Ente mit Erdnusssoße und Reis?"

„Ne, ich möchte einen Salat mit Hähnchenbruststreifen".

Als ich zum Hörer greife, um den erotischen Nachmittag mit Gaumenfreuden abzurunden, klingelte der Apparat kurz auf.

„Hallo?"

„Hallo, Richie, hier ist Leonie. Ich habe gerade mein Auto aus der Reparatur abgeholt, ganz in deiner Nähe und bin in zwei Minuten bei dir. Setzt du uns mal einen Kaffee auf?"

„Oh, Leonie, ne, das ist gerade ganz schlecht."

„Aber warum denn? Gestern hast du dich beschwert, dass ich keine Zeit habe und wenn ich mal Zeit habe."

„Ist schon in Ordnung, du hast halt viel zu tun."

Conny ruft aus dem Bad: „Kannst du mir noch ein Pizzabrötchen dazu bestellen?"

Der Hallruf aus dem Badezimmer erreicht auch den Telefonapparat: „Wer ruft denn da, Richie?"

Den Hörer aufs Sofa werfend rufe ich „Das verdammte Radio!", renne zum selben und schalte es schnell an.

„Und hier die Wetteraussichten: im Westen meist trocken und sonnig mit Wind von Südwesten …"

Das Radio wieder ausgeschaltet renne ich zu Conny und werfe die Badezimmertür zu, sprinte zum Sofa und nehme den Hörer wieder in die Hand: „Tut…tut…tut…". Aufgelegt.

Conny kommt, ein Handtuch um sich gelegt, aus dem Bad.

„Hast du Essen bestellt, Schatz? Danke, du bist ein Lieber!"

Es klingelt. Diesmal an der Wohnungstür.

Mit den Worten „Oh, die sind aber schnell!" öffnet Conny die Haustür.

Leonie versucht zu lächeln, als sie Conny im Handtuch erblickt. Ich versuche, im Boden zu versinken und Conny versucht einen halbwegs intelligenten Blick hinzukriegen.

Warum ich?

„Verstehe! Deshalb das plötzliche Verständnis für meine Vielbeschäftigung. Leb wohl, Richie!", dreht sich Leonie um und geht genauso schnell, wie sie aufgekreuzt war.

„Wer war das, Richie?", fragt Conny, die neben der zugeknallten Tür steht. Sie ist so gefasst, als gehe sie das gar nichts an.

Es geht sie ja auch gar nichts an!

Das ist ganz allein meine Sache, oder?

Was kann ich denn dafür, dass Conny sich bei mir ausheult, sie hätte ja nicht kommen brauchen. Was ereifere ich mich denn so? Conny macht nicht den leisesten Ansatz eines Protestes.

Klasse.

„Das war Leonie. Sie hat sich wohl in mich verliebt und gehofft, es würde mehr draus. Aber das ist eher einseitig. Mach dir keine Gedanken."

„Oh, die Ärmste! Jetzt hab ich sie wohl ziemlich geschockt. Du musst sie anrufen, Richie oder noch besser besuchen und ihr alles erklären."

Versteh einer die Frauen.

Conny stellt sich solidarisch auf Leonies Seite?

Na, wunderbar!

Sie gibt mir damit die Gelegenheit, Leonie weiterhin zu treffen, ohne mich festlegen zu müssen.

„Conny, du bist ein Schatz!"

Unser Fast-Food-Mahl nehmen wir fast schweigend ein. Für die Quasselstrippe Conny eine Seltenheit. Mein Bäuerchen unterbricht die Stille.

„Tschuldigung!"

„Schon gut, ich muss auch dauernd aufstoßen. Ich mach mich gleich los, Richie."

„Aber warum denn? Willst du nicht bleiben? Sollen wir noch ins Kino gehen?"

„Ne, lass mal. Das war ein sehr schöner Tag mit dir, aber ich muss jetzt mal für mich sein. Außerdem habe ich noch die ganze Schmutzwäsche aus dem Urlaub und wollte mich bei meinen Leuten noch zurückmelden. Na ja und …"

Das war sie wieder, die Quasselstrippe.

„Schon gut, ich verstehe.", unterbreche ich sie.

Sie räumt den Tisch ab, spült die Isolierkanne aus, macht das Bett, lüftet das Schlafzimmer und gießt meine Pflanzen.

Wow!

Rita wäre einfach gegangen. Dann ist ja die Richtige von den beiden zurückgekommen.

Mit einer langen Umarmung verabschieden wir uns.

Prost!

Alleingelassen aber nicht unglücklich, überlege ich nach einem kräftigen Schluck Kölsch, was ich mit meiner wieder erworbenen Vitalität noch anstellen könnte.

Wer wohl vorhin angerufen hat?

Ich hatte damals den Service eines Anrufbeantworters bei Festnetzanmeldung abgelehnt, um nicht ständig irgendwelchen Leuten hinterher telefonieren zu müssen, die anrufen und um Rückruf bitten, wenn ich ganz sicher nicht zu Hause bin.

Das kenne ich, das habe ich früher selbst gemacht.

Aber manchmal möchte man ja doch wissen, wer versucht, einen zu erreichen. Wahrscheinlich war es meine Mutter oder die Teppichratte.

Ich stelle meinen PC an. Eigentlich brauche ich das Ding gar nicht. Aber man hat ja heutzutage einen Email-Account zu pflegen, um bescheuerte Bildchen rumzuschicken oder sich per Dreizeiler mitzuteilen, die auch noch einer Lesebestätigung bedürfen. Meistens benutze ich das Internet, um das Kinoprogramm zu erfahren. Ich bin kein typischer Surfer, der stundenlang vor dem Bildschirm sitzt und sich irgendeinen Scheiß ansieht. Den gucke ich mir lieber im Fernsehen an.

Leonie schrieb in letzter Zeit aber hin und wieder, so dass ich nun fast täglich in die Eingänge geguckt habe.

Sieh an, Leonie hat mir eben gerade nochmal geschrieben:

Lieber Richie,
 da Du ja nicht allein bist, wähle ich den schriftlichen Weg, anstatt Dich anzurufen.
 Warum hast Du das getan? Hast Du keine Geduld? Ich mag Dich eigentlich, weißt Du.
 Ich wünsche mir einen Mann, der so ist, wie Du. Der aber auch akzeptiert, dass ich ein Theater leite! Der akzeptiert, dass ich eine Tochter habe und der für mich, Lea und das Theater da sein kann.
 Ich dachte, das könntest Du werden!
 Habe ich mich geirrt?

 Nun liegt es an Dir!
 Leonie

Na, wunderbar, nun liegt es an mir.

Okay, dann wollen wir mal, Richie, schließlich hat Conny dich ja dazu ermuntert, der lieben, armen Leonie alles zu erklären!

Liebe Leonie!
 Vielen Dank für Deine offenen Zeilen! Auch ich empfinde genau so für Dich! Conny ist eine alte Bekannte und tauchte

vorhin kurz auf, weil es ihr nicht gut ging. Ich habe viel zu spät gemerkt, dass sie mich verführen wollte, um ihr Ego wieder aufzurichten. Es tut mir Leid, aber ich konnte nichts dafür! Da ist auch nichts weiter und ich schäme mich für mein Verhalten!

Zu dick aufgetragen? Zu theatralisch? Theatralisch passt!

Lass uns bitte noch einmal von vorn anfangen, ja? Ich will Dir nichts versprechen, außer das ich mich bemühen will!

Das klingt gut. Das kommt immer an.
 Bemühen versprechen, so ein Quatsch!
 Man verspricht nicht den Weg, sondern das Ziel oder man lässt ein Versprechen.
 Egal, passt!

Wann immer es Deine Zeit erlaubt, erwarte ich gespannt Deine Nachricht, Deinen Anruf, am liebsten aber Deinen Besuch!
 Ich umarme Dich!
 Dein Richie

Senden. Genug Schmalz.

„N´ Abend, Richie!" werde ich vom Wirt in meiner Eckkneipe eine Stunde später begrüßt.
 Sein darauffolgender Kommentar „Warst ja lange nicht hier!" klingt wie ein Vorwurf.
 Ich lasse mich nicht provozieren, schon gar nicht, um mich vor einem Wirt zu rechtfertigen, der sich als Freund ausgibt.

Daher grinse ich nur, bestelle ein Reagenzglas und schaue mich um, was an Publikum so da ist. An der Theke finde ich einen freien Hocker. Das wird wohl ein kurzer Abend.

Oder vielleicht doch nicht? Na, holla, wer ist das denn?

Süß, die kleine!

Vielleicht zu jung?

Die junge, kleine Süße wird mir von Wirt Jörgi als Nina, die neue Bedienung vorgestellt.

„Angenehm, Bond. Richie Bond!"

Schmunzelt geht sie einen Träger Kölsch wegbringen.

Der Spruch sitzt immer noch.

Wir kommen ins Gespräch, was ich dem Einsatz meiner Rehaugen zugute kommen lasse. Nina, ist Germanistikstudentin, 22 Jahre jung, jobbt hier, um ihre Wohnung zu finanzieren und liebt Shakespeare. Nein, sie habe keinen Freund, dafür hätte sie gar keine Zeit, weil sie auch noch die kranke Omi mitpflegt.

Nein, wie entzückend! Ein richtig liebes Mädchen. Goldig.

Nein, ätzend! Die ist ja noch ein Kind!

Schlag sie dir aus dem Kopf, Richie!

Das macht man nicht, da hört der Spaß auf!

Die Jungs am Ecktisch, etwa in Ninas Alter, vielleicht jünger, scheinen ähnlich zu denken wie ich eingangs und begrabschen sie, während sie die nächste Runde Kölsch abstellt.

Ich mache den kurzen Jörgi darauf aufmerksam, der hinter der Zapfsäule kaum vorschauen kann.

„Lass doch den Jungs ihren Spaß, das gehört dazu. Nina weiß das."

Nina macht nicht den Eindruck von Spaß.

Mein Beschützerinstinkt, wo immer der auch gerade herkommt, lässt mich aufstehen und zum Ecktisch vortreten.

Ich baue mich, um möglichst cool zu wirken, wie Indiana Jones auf und habe die imaginäre Peitsche zum Schlage ausgeholt.

Nina kann sich losmachen und sucht hinter mir Schutz.

„Um eins klarzustellen", beginne ich meine Ausführungen, „die Kleine gehört zu mir, ist das klar?", beende ich auch schon meine Ausführungen.

War das cool?

Krieg ich jetzt von vier Halbstarken die Fresse poliert?

Fliegen mir gleich Gläser und Stühle um die Ohren?

„Wussten wir ja nicht, Mann, reg dich ab, is okay.", war die Angelegenheit schnell erledigt.

Puh! Schwein gehabt! Mein Herz prügelt das Blut mit einem atemberaubenden Puls durch meinen Körper.

Was für ein Mann ich doch bin!

Eigentlich wollte ich gehen, nehme aber am Tresen wieder Platz, um meinen Triumph zu feiern.

„Danke, Herr Bond", flüstert mir mein Schützling ins Ohr.

Danke, Herr Bond?

Weiter nichts?

Kein langer Dankeskuss für den Retter?

Kein Kniefall vor dem Erlöser?

Ich setze mein Leben aufs Spiel und sie sagt „Danke, Herr Bond?". Ich hasse es, wenn man mir gegenüber undankbar ist!

Sie erinnern sich an meine Nachbarin, Frau Sauer?

Genau!

Welche Strafe wäre für Ninas Ablehnung angemessen?

Ja! Jetzt pass auf, Kleine!

Mit fünf Schnäpsen auf einem Tablett schreite ich zum Ecktisch.

„Na, Jungs, noch ängstlich? Ich geb´ mal ´ne Runde. Prost!

Scharf meine Kleine, was? Mein Neuzugang! Wollt ihr sie haben? Für hundert von jedem spielt sie Euch die ganze Nacht die Unschuld vom Lande. Und damit meine ich jodeln! Na, wie wär´s, Jungs?"

Die Jungs grinsen sich lüstern an, kratzen sich nachdenklich am Kopf und flüstern sich irgendwas zu, was ich aber wegen der lauten Mucke nicht verstehe.

„Sechzig für jeden!", fordert mich mein rechter Tischnachbar heraus, den ich auf höchstens neunzehn schätze.

„Achtzig", werfe ich in die Runde.

„Siebzig", schallt es zurück.

„Okay, Jungs, fünfundsiebzig, mein letztes Wort."

„Ich gehe eben zum Geldautomaten!" springt der Neunzehnjährige auf, als könne er es kaum erwarten.

Ich setze mein ursprüngliches Vorhaben zu Gehen in die Tat um. Von überheblicher Coolness gepackt, zahle ich meine Zeche und rufe meinen jungen Freuden ein „Bis dann" zu.

Wie gern würde ich wissen, wie mein eingeleitetes Ränkespiel ausgeht!

Breitbeinig, die Daumen lässig in die Jeanstaschen geschoben, gehe ich mit dem Gedanken, so müsse sich ein Zuhälter fühlen, nach Hause.

Strafe muss eben sein.

Gute Nacht!

Halt! Nix gute Nacht! Da steht ja Leonie vor der Haustür!

Ich will sie umarmen.

„Wartest du schon lange, Leonie?"

Sie wehrt meine Arme ab.

„Ne, gerade gekommen. Warum gehst du nicht ans Handy?"

„Mist, der Akku! Hab ich vergessen aufzuladen. Tut mir Leid."

„Gehen wir hoch, mir ist etwas kühl."

„Gern. Komm."

Ich lasse ihr den Vortritt und betrachte auf der Treppe ihren dunkelblauen Hosenanzug, der ihren Körper wirkungsvoll betont.

„Wo ist Lea?", versuche ich oben angekommen, einen möglichst fürsorglich, interessierten Eindruck zu machen.

„Bei mir. Meine kleinen Schwestern wechseln sich mit Babysitten ab. Ohne meine Familie würde ich das alles gar nicht schaffen, weißt du."

„Ja, Familie, das ist wunderbar. Setz dich doch."

Leonie zieht ihre Schuhe aus und nimmt mit den ausgestreckten Beinen die ganze Couch in Beschlag. Ich zünde eine Kerze an.

„Danke für deine liebe Email, Richie. Darf ich rauchen?"

„Äh, wenn es sein muss?"

„Ja, es muss. Du riechst ja auch nach Kneipe."

Ich bringe ihr den Aschenbecher aus der Küche und ziehe mir ein frisches Hemd an.

„Was möchtest du trinken?"

„Im Moment nichts, danke."

Ihr gegenüber im Sessel sitzend gieße ich mir ein Glas Kölsch ein. Sie drückt die Zigarette aus und verschränkt die Arme.

„Sag mal, möchtest du eigentlich Kinder, Richie?"
Ich zupfe am Hemdärmel.
„Was?"
„Das war eine ganz einfache Frage. Möchtest du Kinder?"
Der andere Ärmel wird gezupft.
„Wie jetzt, von dir?"
„Nein, ganz allgemein. Denkst du, du würdest einen guten Vater abgeben?",hakt sie nach, ihre Arme nun weit ausgestreckt.

Was sind denn das für Fragen?
Was will die denn jetzt von mir?
Spinnt die?
Natürlich wäre ich ein guter Vater!
Sobald der Balg sprechen könnte, nähme ich eine 1A-Erziehung vor. Bis dahin ist das Muttersache, wegen der späteren sozialen Bindung, das ist doch erwiesen.
Was mach ich denn jetzt? Irgendwas will sie ja hören …

„Ich denke schon, ich würde mich jedenfalls sehr bemühen", finde ich wieder den guten alten Bemühens-Kompromiss.
Gut gemacht, Richie!
„Kann ich heute Nacht bei dir bleiben?"
„Oh ja, natürlich!"
„Denk aber nicht, ich wolle mit dir schlafen. Nur bei dir, nicht mit dir! Ich will herausfinden, was an dem dran ist, was du mir gemailt hast, da bin ich ganz ehrlich. Also, sei du es auch. Ich geh mal duschen, okay?"

Während Leonie duscht, beziehe ich das Bett frisch. Es riecht noch nach Conny.

Mit geschlossenen Augen betrete ich das Badezimmer und lege ihr ein Handtuch, ein T-Shirt und ein Boxershorts auf den Wäschekorb. Na ja, geblinzelt habe ich schon etwas, wozu habe ich schließlich einen durchsichtigen Duschvorhang um die Wanne herum?

Meine für sie vorgesehene Wäscheauswahl scheint ihr nicht zu reichen. Auch meinen Bademantel trägt sie obendrein und legt diesen nicht mal im Bett ab. Und tatsächlich schaffe ich es, die Finger von Leonie zu lassen. Wir liegen einfach nur nebeneinander und reden. Das hat was, also anfangs. Sie unternimmt aber auch alles, um nicht aufreizend zu wirken. Wenigstens den Bademantel könnte sie ausziehen.

Ich kenne jetzt ihren gesamten Lebenslauf, ihre Ziele und erfahre, was für ein Arsch Leas Erzeuger ist, der sich nach der Geburt aus dem Staub gemacht hatte. Als ich merke, dass ich in ihren Zielen vorkomme, verkünde ich immer häufiger mein Versprechen auf Bemühungen.

Bei meinem Lebenslauf habe ich bewusst Lücken gelassen.

Meine Ziele habe ich gar nicht erst erwähnt, denn dazu hätte sie den Bademantel ausziehen müssen.

Auch die Geschichte ihres Theaters kenne ich wenig später in- und auswendig.

Das lange Zuhören macht mich müde. Ich ringe mit dem Schlaf.

Ist sie denn nicht müde? Nein, sie hätte noch so viel zu erzählen. Aha!

Gegen drei Uhr morgens – ich war mindestens schon viermal kurz eingenickt – kommt sie endlich auf den Punkt:

„Richie, ich bin in der sechsten Woche schwanger!"

Faszinierend, wie unser Körper auf gewisse Schlüsselreize reagiert und scheinbar elementare Dinge, wie dringend benötigter Schlaf, sich von der einen zur anderen Sekunde in eine Nebensächlichkeit verwandelt und man plötzlich wieder hellwach und klar ist.

„Du bist was?"

„Schwanger!"

„Von wem?"

„Wäre das wichtig für dich?"

„Äh, ja, schon, ich… äh…"

„Dann habe ich dich ja richtig eingeschätzt! Richie, es mag dir vielleicht wehtun, aber seit Stunden versuche ich dir meine Gefühle, Bedürfnisse und Ziele zu erklären. Nicht ein einziges Mal hast du mir zugestimmt, etwas für richtig oder falsch gehalten. Und meine in dich gesetzten Hoffnungen für eine gemeinsame Zukunft immer nur mit saublöden Bemühungen versprochen. Bemühungen nutzen mir nichts! Ich habe dich völlig falsch eingeschätzt oder du hast mir jemanden vorgespielt, der du gar nicht bist. Du bist ein egoistischer, orientierungsloser Herumtreiber, der keine Ziele hat und sich seinen Mitmenschen so zeigt, wie sie ihn gern hätten, ohne klare Linie, ohne verbindliche Aussagen. Es ist vorbei Richie! Ich werde jetzt gehen und niemals wiederkommen. Rufe mich nicht an, maile nicht, besuche mich nicht. Finde endlich deinen Weg, arbeite an dir, an Grundsätzen, Zielen, einen Stil, dann wird vielleicht aus dir noch mal ein brauchbarer Mann!"

Mit den letzten Worten streift sie den Bademantel ab, packt ihre Klamotten und verlässt die Wohnung.

Donnerwetter, was für ein Vortrag!

Mann, Richie, stelle dir vor, du hättest mit ihr … sie hätte dir das Kind unterjubeln können. Ein Kuckuckskind, gar nicht auszudenken!

Um diese Zeit ein Kölsch?
Besondere Momente fordern besondere Maßnahmen.
Prost, Richie, da bist du mit einem blauen Auge davon gekommen!
Meinen Weg finden? Na, hör mal. Ich bin Lagerbereichsleiter, eine Führungskraft, sehe gut aus, habe eine hübsche Wohnung und überhaupt!
Ziele? Na klar, habe ich Ziele! In zwei Wochen habe ich Urlaub, ich muss zum Friseur und gehe demnächst wieder morgens schwimmen!
Eigener Stil? Na, hör mal. Ich mag Jazz und Klassik, während der überwiegende Teil meiner Altersgenossen nur Pop und Rock hört und in der Masse untergeht!
Du triffst mich nicht, Leonie!
Mit keiner Deiner Aussagen!
Weißt du das?
Prost!
Und die Klamotten kannst du behalten, ich schenke sie dir! Allerdings verschenke ich in letzter Zeit viele Klamotten.
Endlich bin ich eingeschlafen.

Der Sonntagmorgen beginnt für mich um 9 Uhr sechsundvierzig mit Telefonklingeln.
„Bond."
„Onkel Richie, kommst du morgen?"
Oh, nein, nicht schon wieder!
Pause.

„Bringst du mir was mit?"

„Ja, Nadine, ich komme morgen und bringe dir was Schönes mit. Tschüss, Nadine!"

Auf der Toilette sitzend, höre ich den zweiten Anruf läuten. Ich schaffe es rechtzeitig.

„Bond."

„Morgen, Bruderherz, was höre ich da? Du wolltest doch erst in zwei Wochen kommen. Hast du deinen Urlaub vorverlegt?"

„Wieso vorverlegt?"

„Nadine sagt, du kommst morgen."

„Kennt die Kleine denn den Unterschied zwischen morgen und in zwei Wochen?"

„Na, hör mal, sie ist fast fünf."

„Warum fragt sie denn dann immer nach Morgen und nicht nach in zwei Wochen?"

„Aber, Richie, sie freut sich eben so auf dich und kann es halt nicht abwarten. Morgen wäre ihr lieber als in zwei Wochen. Da solltest du dich aber freuen, hör mal!"

„Ich freue mich, Ulla, ich freue mich!"

Wie geht´s denn so?"

„Erzähle ich dir alles in zwei Wochen, ich muss jetzt leider los!"

„Ach so, dann einen schönen Sonntag. Ich soll dich auch schön von Hubert grüßen!"

„Dann mach doch."

„Bitte?"

„Ich sagte Danke und grüß schön zurück!"

Ja, ich muss jetzt los: wieder ins Bett!

Lange halte ich es aber auch dort nicht aus, dusche erst

einmal ausgiebig und schließe endlich mein Handy am Ladekabel an.

Die Sonne scheint einladend. Ich verzichte auf den häuslichen Kaffee und gehe ins nicht weit entfernte Café *An der Straße*.

„Ein Cappuccino und ein Schokocroissant, bitte!"

Ach, so kann man den Tag genießen!

Die Füße ausgestreckt, die Sonnenbrille auf den Kopf geschoben, um die warmen Strahlen im ganzen Gesicht zu spüren und genüsslich den Cappuccino schlürfend, beobachte ich zwei spielende Hunde auf der unweit gelegenen Wiese der kleinen Parkanlage. Ich wollte auch immer einen Hund haben. Die sind ehrlich und machen keinem was vor, wie zum Beispiel Frauen oder Kinder.

Beide *Spezies*, also sowohl Frauen als auch Kinder, setzen hierzu in erster Linie ihre Augen ein. Kulleraugen.

Conny kann das auch. Ach, Conny. Schön, dass du zurückgekommen bist. Pack schlägt sich, Pack verträgt sich. So, wie es unter Kumpels üblich ist. Ist Conny ein Kumpel?

Ja, irgendwie schon.

Jedenfalls nicht … tja, was denn nun?

Was bedeute ich ihr überhaupt? Ob ich sie mal frage?

Meine Überlegungen werden durch eine Überraschung der besonderen Art gestört:

„Guckt mal, das ist doch dieser Möchtegernzuhälter!

Na, Alter, Bock auf Mische?"

Ach du Scheiße! Die Jungs vom Ecktisch! Alle Augen der sonnendurchfluteten Terrasse des Cafés richten sich auf mich.

Ob ich es bis zum Park schaffe? Zu viele Sonnenschirme

im Weg für einen schnellen Spurt. Die Jungs sehen sportlich aus und haben vermutlich die bessere Kondition. Außerdem scheint mir hier in der Öffentlichkeit die Gefahr des Zusammengeschlagenwerdens geringer, als im Park. Ich beginne zu lachen.

„Na, Jungs, wollt ihr 'ne Cola? War doch ein super Spaß gestern, oder?"

„Jörgi hätte uns fast die Bullen auf den Hals gehetzt, als wir Nina nach draußen zerrten!", sagt der vorlaute Neunzehnjährige. Sein Kumpel hinter ihm fügt hinzu: „Du spinnst wohl, du Arsch! Was sollte das denn? Wir haben Lokalverbot unter Androhung einer Anzeige!"

Die anderen Kaffeegenießer der Nachbartische hören aufmerksam zu.

Der dritte Junge äußert sich zu Wort: „Du solltest dich da auch besser nicht mehr blicken lassen."

Immerhin duzen sie mich jetzt, sehr Vertrauens erweckend.

„Kommt, nehmt Platz, Jungs. Vier Cola, bitte".

Meine vier Freunde ziehen sich noch zwei Stühle an meinen Tisch und machen einen bedrohlichen Eindruck.

„Mit 'ner Runde Cola kommst du hier nicht raus, Alter!", findet auch der vierte Lustmolch des gestrigen Abends ein paar gegen mich gerichtete Worte.

„Hört mal zu, Männer", wähle ich einen weniger abwertenden Ton, der die Meute offensichtlich nicht beeindruckt, „das war wirklich nur ein kleiner Spaß. Wenn ich euch damit geärgert habe, dann sagt, wie ich das wieder gut machen kann."

„'nen Hunderter für jeden!"

„Spinnt ihr?"

Wäre Polizei eine Alternative? Erpressung auf offener Straße!

„Genausowenig, wie du! Also los, Kohle her!"

„Zwanzig für jeden, mehr hab ich nicht!"

„Fünfzig pro Kopf und wir sind quitt!"

Die Verhandlung nimmt sehr leise ihren Lauf, was die Tischnachbarn ärgert. Einige beenden sogar ihre Unterhaltungen, um uns besser folgen zu können. Bei fünfunddreißig für jeden, können wir uns einigen. Die Colas gehen zusätzlich. Tatsächlich habe ich noch 168,54€ bei mir, so dass es für Zeche und Strafe reicht. Diese Gauner setzen zum Abschied noch einen drauf:

„War echt spaßig, Alter. Die Kleine wäre zum Schluss wirklich fast mitgegangen, wenn sie keinen Dienst mehr gehabt hätte. Die braucht dringend Geld und hätte in der einen Nacht so viel verdient wie in einer Woche bei Jörgi. Wir treffen sie aber heute Abend. Dann holen wir alles nach. Tschüss, Zuhälter!"

Oh, Gott, was habe ich getan?

Ich habe ein junges unschuldiges Mädchen in die Prostitution getrieben!

Ach was, das sagen die doch nur so, um mich zu ärgern.

Ne, niemals, die Kleine muss doch die Omi pflegen, ja, genau!

Da war nur Quatsch, oder?

Von der erlebten Schmach niedergeschlagen, verlasse ich schleichend das Café zum nächsten Geldautomaten.

Gott sei Dank, das Urlaubsgeld ist schon auf dem Konto und hat mein Negativsaldo ausgeglichen. Das war bitter nötig.

Daher auch mein Entschluss, den bevorstehenden Urlaub nicht auf Malle oder sonst wo zu verbringen, sondern meine geliebte Schwester samt Familie in Passau zu besuchen.

Meine Eltern wollen in dieser Zeit auch kommen, um ein kleines, schönes Familienfest zu feiern.

Die Tatsache, dass Nadine das einzige Enkelkind ist, wird mir regelmäßig von meiner Mutter zum Vorwurf gemacht.

Ich käme nun langsam in das Alter, wo man ans Kinder kriegen denken muss, sonst ist es zu spät. Mein Argument, dass Charlie Chaplin noch mit 80 ein Kind gezeugt hätte, wird als albern abgetan. Ebenso meine Idee, mir eine Frau zu suchen, die bereits ein fertiges Kind ihr Eigen nennt.

Durch die Sonne schlendernd, bleibt mir auch die nächste Begegnung nicht erspart: Max, der Diplom-Schauspieler.

„Richie, olle Senfjurke! Alles wieder jut?"

„Max, hey, grüß dich."

„Du jlaubst nicht, wat es neues jibt!"

„Ach, Max, dir glaub ich alles!"

„Pass uff, Alter, eijh, der olle Max wird Papa!"

„Was? Ja, herzlichen Glückwunsch! Wer ist denn die Glückliche?"

„'ne echt süße Maus, Alter! Und du kennst´se sogar!"

„Ich kenne sie?"

„Ja, die hat dick doch nach de blöde Unfall ins Krankenhaus jebracht! Die kleene Leonie, Alter! Ick wes det ja och erst seit eben! Beem Frühstück hat se mir dat eben erzählt! Kannste det globen?"

Ich verblasse, mein Atem stockt und mein Herz bleibt für einen Moment stehen.

Leonie und Max? Der Braten in der Röhre ist von Max?
Um Gottes Willen!

Mir wird übel und ich übergebe mich an einer hell gestrichenen Hauswand. Max packt mich am Arm und zerrt mich in eine Nebenstraße. Benebelt nehme ich Kopf schüttelnde Passanten wahr, die angeekelt ihre Blicke auf mich richten.

Hat Leonie mich etwa vor Max verheimlicht?

Weiß er gar nichts von uns?

Offensichtlich!

Oder ist das Kind gar nicht von Max und er bekommt jetzt das Kuckucksei ins Nest gelegt? Als zweite Wahl sozusagen.

Von heute auf morgen?

Besser gesagt von gestern Nacht auf heute Morgen?

Das kann nur eine Verzweiflungstat gewesen sein!

Oder geplant?

„Alles wieder jut, Alter? Wat war´n? Wat hasten?"

„Entschuldige, Max, alles wieder in Ordnung. Wirklich, du kannst mich los lassen!"

„Ick mus ooch los, Alter, die Süße broocht wat ausse Apotheke hier. Die eenzje, die weit und breit offen hat! Also, bis bald mal inne Theater, wa?"

„Euch beiden alles Gute, Max!"

In meiner Wohnung angekommen, fühle ich mich wieder sicher. Fern ab von Erpressung, Übelkeit und dankbar für die entgangene Vaterschaft.

Nach langem Zähneputzen komme ich langsam zur Ruhe.

Diese Ruhe ist jedoch nur von kurzer Dauer.

Mein wieder intaktes Handy meldet eine eingehende SMS.

Ich hoffe, dass es Conny ist, der Mensch, der mir momentan am meisten Freude bereitet. Nein, so meine ich es nicht. Ich meine, sie macht keine Probleme, wie sonst alles andere um mich herum. Leider werden meine Erwartungen nicht erfüllt.

Rita simst um Hilfe! Es scheint ernst:

Hilfe, ich werde festgehalten! Rita

Entführt? Ich gerate in Panik. Scheiße!
Warum simst sie mir, die blöde Kuh?
Warum ich?

„Conny, hier ist Richie!"
„Ich wollte dich auch gerade anrufen!"
„Hast du auch ´ne SMS von Rita bekommen?", frage ich erwartungsvoll.
„Nee! Was ist denn? Was will die Schlampe denn von dir?"
„Sie schreibt, sie würde festgehalten!"
„Scheiße! Und jetzt?"
„Keine Ahnung, komm erst mal her, ich versuche inzwischen, sie zu erreichen, bis gleich!"
„Ja, aber ich muss mir ´nen Taxi nehmen, sonntags fährt nur alle Stunden mal ein Bus."
„Dann nimm halt ein Taxi! Warum hast du auch kein Auto?"
„Kannst du mir das Taxi zahlen? Ich bin pleite?"
„In Gottes Namen ja, aber komm jetzt!"

Verzweifelt wähle ich Ritas Nummer. Mailbox!

Was sag ich denn? Wenn der Entführer das abhört, könnte ich sie in Gefahr bringen? Am besten ganz unverbindlich:

„Hallo, Gräfin. Hier ist Richard aus Köln. Sie erinnern sich vielleicht? Wie geht es ihnen denn so, gnädige Frau, wir haben uns ja lange nicht gesehen. Wenn sie mögen, rufen sie einfach zurück, ich bin immer zu erreichen. Habe die Ehre!"

Das müsste sie kapiert haben! Und jetzt?

Im Hotel anrufen? Ja!

Die Nummer? Scheiße!

„Conny, bist Du schon auf dem Weg?", erreiche ich sie am Handy.

„Ja, jetzt bleib doch mal locker, ich bin gleich da!"

„Dann dreh wieder um! Ich brauche die Telefonnummer eures Hotels auf Teneriffa, Anschrift und alle Infos! Oder hast du die dabei?"

„Nee! Ach, Mann, Mist auch! Ja, wir drehen um, aber du zahlst!"

Ja, Richie zahlt alles! Rich heißt schließlich reich.

Richie, der Milliardär zahlt für Matze, für Conny, für Jörgis Freunde vom Ecktisch und auch für Rita.

Natürlich!

Ich zahle eine Million Lösegeld für die Schlampe Rita aus meiner Portokasse. Ich hab nicht mal eine Briefmarke im Haus!

Beruhige dich, Richie, erst mal im Hotel nachfragen, dann sehen wir weiter.

So ein Hotel muss doch auch Interesse daran haben, dass ihren Gästen nichts passiert.

Beim Schließen der Kühlschranktür – das Kölsch brauche ich jetzt wirklich – fällt mein Blick auf die Küchen-Pinwand und den vergilbten Telefonnummernzettel von Rolf.

Rolf, Sie erinnern sich?

Mein alter Cliquenkumpel Rolf, der zu seinem Freund nach Teneriffa gegangen war und den ich immer schon mal besuchen wollte.

Könnte er uns helfen?

Fragen kostet nichts, aber erst mal das Hotel.

Wo bleibt denn Conny?

Die findet in ihrem Wust wahrscheinlich die Urlaubsunterlagen nicht und draußen läuft die Taxiuhr.

Prost, nächstes Kölsch!

„Conny, endlich!"

„Achtunddreißigachtzig bitte", reicht mir der freundliche Taxifahrer eine Quittung, während er an Conny vorbei tritt. Milliardär Richie reicht zwei Zwanziger rüber und lächelt „Stimmt so!"

„Hast du alles dabei? Zeig mal her!"

„Richie, du bist ja völlig aufgelöst! Was empfindest du denn noch für Rita? Bedeutet Sie dir mehr, als ich? Würdest du das für mich auch tun?"

Quasselstrippe Conny versuche ich mit einem Kuss und einem „Nicht jetzt, Conny!" zu stoppen.

„Was heißt nicht jetzt? Empfindest du mehr für Rita als für mich? Was ist denn noch zwischen euch?"

Die Papiere auf dem Wohnzimmertisch sortierend, schreie ich Conny an:

„Halt doch mal den Sabbel! Ich meine, das wir jetzt nicht über unsere Beziehung reden müssen, wir haben vielleicht ein Menschenleben zu retten!"

Mein Hang zur Dramatik löst bei Conny Heulkrämpfe aus.

Ich öffne ihr meine einzige Flasche Rotwein, die ich mir wegen des hohen Preises für einen besonderen Moment aufgehoben habe. Den besonderen Moment habe ich mir jedoch anders vorgestellt.

„Hier, trink und sei endlich still!"

Das hat gewirkt! Ich kann mich endlich auf den bevorstehenden Anruf im Hotel Alegria konzentrieren.

„Hola, Hotel Alegria, buenas tardes."

„Hola, sprechen sie deutsch?"

„Si, Señor, ja, ich spreche deutsch. Was kann ich für sie tun?"

„Mein Name ist Bond, Richard Bond", kann ich mit meiner Gewohnheit nicht brechen, „ich möchte bitte mit Señorita Rita Hasselhoff sprechen, Zimmer 334."

„Einen Moment, bitte. Ich verbinde."

„Conny kniet in betender Haltung neben mir vor der Couch.

Das Rotweinglas hat sie in den betenden Hände eingeschlossen und scheint ihr Halt zu geben. Tränen verwischen ihre Schminke. Die Ärmste sieht so süß aus, wenn sie hilflos ist. Ich müsste sie trösten.

„Señor Bond, ich kann Señorita Hasselhoff nicht erreichen. Sie können es selbst über Durchwahl -9334 versuchen."

„Vielen Dank, Señora! Aber bitte warten sie noch! Ich habe eine Nachricht von Señorita Hasselhoff erhalten, dass sie sich bedroht fühlt. Ich weiß nicht, wie ernst es ist, aber können sie mir sagen, wann die Señorita zuletzt im Hotel war?"

„Nein, das kann ich nicht. Möchten sie, dass ich die Polizei verständige?"

Hmm… Die Polizei?
Wer weiß, wie ernst es ist?
Vielleicht kommt sie dann aufgrund von Hochstapelei ins Gefängnis, die falsche Gräfin.
Was mach ich denn jetzt?

„Señor, soll ich die Polizei verständigen?"
„Ähh…, nein, vorerst nicht. Ich melde mich wieder, es gibt noch eine andere Möglichkeit, vielen Dank!"
„Moment, bitte geben sie mir Ihre Nummer."
Während sie diese notiert, streichele ich Conny über den Kopf. Mit rührendem Lächeln wird meiner kleinen Geste gedankt.

Geistesgegenwärtig renne ich zum Rechner. Vielleicht hat Rita inzwischen eine Email geschrieben?

Aber außer Sonderangeboten für Viagra, Handys und Reisegewinnspielen gibt es keinen Hinweis auf die Schlampengräfin.

Conny lobt mein Handeln.
Ein richtiger Mann eben, der immer weiß, was zu tun ist.
Danke, Conny, ich heiße nicht umsonst Bond. Nur die Walther PPK brauche ich nicht. Meine Waffe ist das Telefon.

Am Fenster auf und ab gehend, überlegt der richtige Mann, der immer weiß, was zu tun ist, was zu tun ist: zur Küchen-Pinwand gehen.

„Conny, kennst du den Namen der Yacht? Oder den Liegeplatz in der Marina?"

„Nee, warte mal, irgendwas mit R, ein Doppelname, nee, weiß ich nicht."

Entschlossen greife ich zum Hörer.

Mindestens genauso entschlossen greift Conny zur teuren Weinflasche.

„Hola!"

„Hola auch, hier spricht Richie Bond. Kann ich Rolf sprechen?"

„Am Apparat. Richie, was für eine Überraschung!"

„Hallo, Rolf! Schön, deine Stimme zu hören! Passt es gerade oder störe ich vielleicht?"

„Ach was, Sonntagnachmittags ist auch immer meine Telefonzeit. Wie geht´s dir? Mensch, erzähl mal!"

Ich bedaure, Rolf mitteilen zu müssen, dass mein Anruf in Zusammenhang mit Hochstapelei und einer Entführung stehe und sämtliche Höflichkeitsfloskeln und nettes Geplauder erstmal hinten anstehen müssen. Er stimmt mir zu und schlägt vor, sofort zu ihm zu kommen, um die Angelegenheit persönlich zu klären. Sein Schatzi arbeite in der Bezirksverwaltung von Granadilla und hat allerbeste Beziehungen in die Hauptstadt Santa Cruz. Sie wohnen im Kite-Paradies El Médano, im Süden der Insel, unweit des Flughafens.

Ideal, ich komme! Nein, wir kommen. Conny muss mit!

Sie hat ja schließlich noch eine Woche Urlaub und kennt die örtlichen Umstände bestens.

Er wolle gleich einen Flug für morgen früh heraussuchen,

buchen, sogar die Kosten vorlegen und mir alle Infos per Email zusenden.

Das hängt in erster Linie damit zusammen, dass ich momentan… na ja… trotz Urlaubsgeld nicht weit in den schwarzen Zahlen stehe. Rolf kann aushelfen. Sein Schatzi, der korrupte Verwaltungsbeamte, der für Baugenehmigungsvergaben im Inselsüden zuständig ist, ließe ihm genügend Taschengeld und würde das verstehen.

Eine Stunde später habe ich die Flugdaten im Email-Eingang. Rolfs Freund Miguel steht außerdem auf unserer Seite und kennt sogar einen Angestellten der Putzkolonne der Deutschen Botschaft.

Wahnsinn, ich kenne Leute!

Bond eben, aktiv auf allen Regierungsebenen.

Mein kurz aufkommender Humor, lässt die Entscheidung vor mir herschieben: Chef oder Werner?

Ich entscheide mich für Werner, ihn kann ich besser anlügen.

Mit einer Entschuldigung für den sonntäglichen Anruf bin ich noch voll auf der Wahrheitsebene, die ich jedoch gleich darauf verlasse, um den angetrunkenen Werner um mündliche Urlaubsgenehmigung zu bitten. Eine dringende und zugleich brisante Familiensituation, es ginge wirklich um Leben und Tod, ließe keine andere Wahl. Nur ich könne dem Familienmitglied den sicheren Tod ersparen und müsse mindestens morgen und übermorgen frei bekommen und dringend verreisen.

Werner rülpst: „Is klar, Junge! Mach mal! Viel Erfolg!"

Wie besoffen ist der? Ob der morgen überhaupt noch weiß, dass ich angerufen habe?

Scheiße!

Jetzt muss ich doch den Alten anrufen.

Kann nicht Conny anrufen und sagen, ich hätte einen Rückfall und wäre noch mal zwei Tage krank?

Geht nicht. Wenn Werner sich doch erinnert, hätte ich zwei unterschiedliche Aussagen gemacht.

Eine dreiviertel Stunde später ist das Telefonat mit meinem Lieblingschef beendet. Ein großartiger Mensch.

Wie gut es tut, einfach die Wahrheit zu erzählen. Er durfte sogar den Lautsprecher anstellen, damit seiner mir gewogenen Gattin kein Stück der spannenden Entführungsgeschichte entgeht: „Richie Bond, das ist doch der nette junge Mitarbeiter?

Immer aufmerksam und freundlich. Haselmäuschen, dem müssen wir helfen, dem jungen Mann!"

Und Haselmäuschen hat geholfen.

„Danke Chef, sie haben wirklich was gut bei mir!", verabschiede ich ihn und denke bei was guthaben eigentlich an Quitt sein.

Er wird genauso gedacht haben. Und an Chantal aus der Buchhaltung.

Uff! Ich schaffe es nur schwer, Conny zum Nachhausegehen und Packen zu bewegen. Der teure Rotwein, den ich wenigstens gern mal probiert hätte, lässt sie an meiner Brust fast einschlafen. Was kann die Frau saufen! Die ganze Flasche in der kurzen Zeit! Unfassbar!

„Conny, reiß dich zusammen, das Taxi ist gleich da. Du stellst dir aber gleich noch den Wecker und ich hole dich morgen früh ab, klar? Und such noch ein Foto von Rita raus, das ist wichtig!"

„Kann ich nicht bei dir bleiben?", gähnt sie.

„Nein, ich muss ja auch noch packen. Los jetzt, komm, ich bringe dich noch runter."

„Gib mir Geld."

Ich gebe ihr Geld fürs Taxi, renne gleich wieder zum Geldautomaten, um für Teneriffa gewappnet zu sein und packe meine Sachen. Schlafen lohnt sich fast nicht mehr.

Gute Nacht!

Eine Stunde, bevor der Wecker seinen Bestimmungszweck erfüllen soll, schlafe ich ein.

Die Stunde Schlaf macht alles noch schlimmer. Todmüde und gerädert rufe ich gleichzeitig Conny an, checke den Maileingang, mache Kaffee und dusche. Siebenundfünfzig Minuten später fahre ich mit einer ausgeschlafenen und wie das blühende Leben aussehenden Conny zum Flughafen in Düsseldorf.

Wie macht sie das?

Mir fällt freudig auf, dass der Stress meine Zählsucht unterbindet. Ich habe nicht einmal das Verlangen, Muster oder Kacheln zu zählen.

Bravo, Richie!

Tatsächlich klappt alles mit den vorbestellten Tickets.

Klasse, Rolf!

Gedanken mache ich mir um meine alte Karre. Ob ich die jemals im Flughafen-Tiefgaragenlabyrinth wieder finden werde?

Die Warterei macht Conny verrückt, sie plappert an einem Stück. Schon wieder fliegen, schon wieder warten, ob sie auch alles mit hätte, ob ich alles mit hätte, das würde Rita teuer zu stehen kommen … Um nur die wichtigsten Inhalte zu nennen.

Unser Flug wird aufgerufen. Gute Laune macht sich unter den Mitfliegern breit. Endlich in den Urlaub, den wohlverdienten. Ein ganzes Jahr geschuftet, um die nächsten zwanzig Tage am Strand zu liegen, Hautkrebs einzufangen und Schlachten um Liegeplätze auszufechten.

Die Glücklichen!

Conny und ich sind offenbar die Einzigen, die den Touristentraum nicht mitträumen dürfen. Unsere Mission lässt keine Freude zu, es geht um Menschenleben!

Aber mein Namensvetter hat selbst in solchen Situationen noch ein Bond-Girl flachgelegt, kurz bevor es vom Bösewicht umgebracht wurde. Mein Bond-Girl hingegen macht einen lebhaften Eindruck. Sie plappert weiter.

Zwischendurch schubst sie mich an:

„Nimm doch mal diese bescheuerte Sonnenbrille ab. Machst du auf Geheimdienst, oder was?"

Sie hat Recht. Ich benehme mich für einen Spezialagenten zu auffällig.

Im Flieger greift sich Conny drei verschiedene Tageszeitungen und ein Wirtschaftsblatt. Auch eine gute Tarnung. Conny hat noch nie eine Zeitung gelesen. Höchstens die Zeitschrift *Das goldene aktuelle Spiegelblatt der Frau* oder was sonst auch immer beim Friseur ausliegt.

Wir starten.

Tatsächlich breitet Conny eine Zeitung aus oder versucht es zumindest. Sie nimmt mir dadurch die Sicht und haut ihrem rechten Nachbarn am Fenster die linke Hand gegen die Stirn. Aua. Wenn es beim Fliegen etwas Interessantes gibt, dann sind es Start und Landung. Den Start hat sie mir schon mal versaut. Danke, Conny!

Inzwischen über den Wolken, hält sie jetzt wenigstens die Klappe.

Conny ist nicht verkehrt. Wirklich nicht. Eigentlich eine Frau, die man gern haben muss. Hab ich ja auch. Sie hat was. Bei ihren Senioren kommt sie auch sehr gut an.

Ich holte sie einmal von der Arbeit im Stift ab und wartete in der Eingangshalle. Die Rentner wollten sie gar nicht gehen lassen, jeder verwickelte sie in ein kurzes Gespräch. Es dauerte ewig, bis sie endlich frei war. Aber ich zeigte Verständnis. Wer weiß, ob sie den einen oder anderen am nächsten Tag noch wieder sehen würde, bei dem Geruch.

Das wäre nicht witzig, meinte sie. Auch meine Bezeichnung „Altenheim Zum sicheren Ende" stieß bei ihr auf Ablehnung.

Conny knüllt die Tageszeitung zusammen, ein ordentliches Falten war aus Platzgründen nicht möglich. Vor uns kreischt eine Teppichratte, die es nicht abwarten kann im Sand zu spielen und nun die sofortige Herausgabe ihrer Förmchen, Schäufelchen und Eimerchen fordert. Achtzehnmalige Erklärung, das sei alles im Bauch des Flugzeuges, half nichts. Mist, ich habe schon wieder gezählt. Aber diesmal diente es einer soziologischen Studie. Ich reiche dem Kreischer – sehr zum Erstaunen seiner Mutter – meine Plastiktasse herüber mit dem Hinweis „Schau mal, hier hast du ein schönes Förmchen."

Der Balg gibt von da an Ruhe und Conny strahlt mich glücklich an.

„Oh, Richie, du kannst aber gut mit Kindern, das wusste ich ja noch gar nicht."

Sie nimmt zärtlich meine Hand. In ihren Augen lese ich, dass sie jetzt auf der Stelle ein Kind von mir will.

Na ja, vermutlich.

Wäre Conny denn eine gute Mutter?

Die Sauferei müsste natürlich aufhören. Bei Ihr jedenfalls.

Richie, spinnst du? Machst du gerade Pläne? Schluss jetzt!

Conny schaut immer noch so merkwürdig. Ob sie sich gerade dieselben Fragen stellt? Warum fängt sie nicht einfach wieder an zu plappern? Schrecklich, dieses Angesehen werden ohne Worte. Ich schließe zum Selbstschutz meine Augen und stelle mich schlafend.

Unser Pilot sagt durch einen kratzenden Lautsprecher, dass wir uns der Touristenparadiesinsel nähern und man den besten Blick von der linken Flugzeugseite hätte.

So ein Blödmann!

Raten Sie mal, was die Passagiere der rechten Seite jetzt denken?

Aber der Pilot hat Recht und ich genieße Händchen haltend und links sitzend– Ätsch! – den spektakulären Anflug über die Insel. Der Teide ist zwischen den Wolkenschleiern kaum zu erkennen und Teneriffa sieht von hier auch recht übersichtlich aus.

Ach, wie schön wäre es, wenn wir nicht als Agenten, sondern Touristen unterwegs wären.

In mir macht sich unberechtigte Urlaubsstimmung breit. Jetzt mit Conny ein paar schöne Tage verbringen mit Strandspaziergängen, Sonnenanbetung, kleineren Wanderungen und Matratzensport. Das Leben könnte so schön sein!

Warum ich?

Die butterweiche Landung wird dem Pilotenteam mit Applaus gedankt. Warum klatschen die eigentlich immer? Der macht doch nur seinen Job. Ich bekomme auch keinen Applaus, wenn ich nachmittags meinen Lagerkontrollgang antrete.

Unsere Mitpassagiere springen unerwartet auf und verstopfen die Gänge. Der Flieger ist noch nicht einmal zum Stehen gekommen! Mein Gott, was für Idioten. Ich setze meine Sonnenbrille auf und verschränke die Arme. Connys Sitznachbar macht Anzeichen, sich erheben zu wollen. Sie lässt sich anstecken und fordert mich zum Aufstehen auf.

Es reicht!

„Der Vogel fährt noch, verdammt noch mal!", schreie ich erst Conny und dann ihren Nachbarn an. Jetzt habe ich allen die Stimmung versaut, inklusive mir. Aber wir sind ja auch nicht zum Spaß hier.

Erst nach dreizehn Minuten kommen wir in den Genuss, den Flieger verlassen zu dürfen.

„Sehen sie?", verabschiede ich unseren Mitreisenden erzieherisch und blicke gleich zu Conny, dass auch ihr das eine Lehre sein soll. Manchmal hasse ich es, Recht zu haben.

Kennen Sie das?

Hoffentlich ist Rolf da. Und hoffentlich unsere Taschen aus dem Bauch des Flugzeuges. Die Teppichratte kann endlich sein Buddelspielzeug bekommen ... Was kümmert mich das denn jetzt? Ich habe eine Mission zu erfüllen!

Am Gepäcklaufband nehme ich unbemerkt einer – auf ihre Koffer wartenden – Frau den Gepäckwagen weg, den sie sich in einem voraus gegangen harten Kampf selbst mühsam ergattern musste.

Hastig spurte ich zum Ausgang. Conny kommt kaum hinterher. Ich frage sie, ob sie lieber schieben möchte, das kenne sie doch von den AOK-Shoppern aus dem Altenheim. Werden da keine Senioren-Rennen mit ausgetragen?

Nur mein gerade noch rechtzeitig aufgesetztes Lächeln mit leicht geneigtem Kopf und Dackelblick kann einen Anschiss von Conny verhindern.

„Willkommen auf Ibiza!", schreit uns Spaßvogel Rolf entgegen, der damit einige uns nachfolgende Rentnerpärchen stark verunsichert und diese zum kritisch genauen Umsehen in der Flughafenhalle veranlasst.

Ich mache Rolf und Conny bekannt, setze meine Sonnenbrille wieder auf und frage Rolf nach der Marke und Farbe seines Autos. Grund ist der, das Rolf früher einen rosafarbenen Plüsch-VW-Käfer fuhr, ein keinesfalls unauffälliges Auto, nicht mal in Köln!

Den Plüsch-Käfer müssen Sie sich so vorstellen: das gesamte Auto hat er mit rosa Fransenteppich beklebt! Die Vorderhaube erfreute zusätzlich den Anblick des Betrachters noch mit Kunstsonnenblumen, die längs in den Fransenteppich eingearbeitet wurden. Verrückt, oder?

Rolf beruhigt mich, er nennt nun einen kleinen, gelben Seat sein Eigen.

Nach dem üblichen Floskelaustausch, wie denn die Reise war, wie es, abgesehen von der Mission Rita, so allgemein gehe, wie das Wetter in Deutschland wäre und entzückend die kleine Conny doch sei, erreichen wir den gelben Flitzer auf dem Außenparkplatz des Flughafens.

Es ist recht windig, aber die strahlende Sonne lässt die

wehenden Palmen und großzügig angelegten Pflanzenbeete paradiesisch erscheinen. Für einen Parkplatz!

Nach nur einer viertel Stunde erreichen wir El Médano und Rolfs Anwesen.

Ich bin von einer Villa mit Pool und allem Drum und Dran ausgegangen, auf einem Hügel gelegen und mit Kitschpostkartenflair.

Armer Rolf.

Nicht, dass es kein schönes Haus ist, aber es liegt quasi in Flughafennähe und hat nicht mal einen Pool im Garten.

Der Garten selber ist staubtrocken. Der Wind bläst uns Sand ins Gesicht.

Rolf scheint mir die Enttäuschung anzusehen. Er tuschelt was von nicht an die große Glocke hängen. Das Anwesen und sein Wagen müssen doch gefälligst dem Einkommen seines Schatzis, einem Verwaltungsbeamten entsprechen. Sie hätten ihre Schwarzkohle aus den Korruptionsgeschäften ja nicht in Spanien. Ich verstünde?

Ja, Ja, ich kann schweigen.

Wir machen uns frisch und schmieden über eine Landkarte gelehnt den Schlachtplan. Hausfrau Rolf reicht einen alkoholfreien Vormittags-Cocktail, der aus frisch gepresste Orangen, Zitronen und Puderzucker besteht und mit Kiwi-Scheiben garniert ist.

Wenn Connys geplapperten Aussagen zu trauen ist, befindet sich die Yacht unseres Entführers in der Marina Puerto Deportivo Radazul, etwas südlich von Santa Cruz. Wir wollen aber zunächst ins Hotel, ob die Angelegenheit nicht vielleicht eine positive Wendung genommen hat.

Rolf hätte jedenfalls den ganzen Tag und notfalls auch

morgen noch Zeit. Er müsse nur abends zu Hause sein, wenn Miguel von der Korruption, äh Arbeit kommt.

Zweieinhalb Stunden später stehen wir vor der Hotelrezeption. Ich stelle mich, wie hinreichend bekannt, vor, nehme die Sonnenbrille ab und freue mich, die Stimme der uns freundlich empfangenen Dame wieder zu erkennen.

„Señor Bond, welche Freude! Was gibt es neues? Ich habe mir solche Sorgen um Señorita Hasselhoff gemacht!"

Mit dem informierten Sicherheitsdienst betreten wir Ritas Zimmer. Das Bett ist unbenutzt.

Conny bestätigt, dass noch alles genauso aussieht, wie sie es vor drei Tagen verlassen hatte. Nur ihr Bett wäre selbstverständlich vom Zimmermädchen frisch bezogen.

Wir danken dem Security-Mann mit einem Trinkgeld, geben ihm Rolfs Karte, mit der Bitte um einen kurzen Anruf, wenn sich in Ritas Zimmer etwas tun würde und machen uns auf den Weg in Richtung Marina.

Mein Herz klopft, so langsam kriege ich Schiss.

Das ist kein Spiel, da hilft auch die coole Sonnenbrille nicht. Conny beginnt sogar zu zittern. Sie hat schreckliche Angst. Gestern Abend im Wohnzimmer klang noch alles so einfach: hinfahren, Rita holen, abhauen!

Je näher wir in Richtung Liegeplatz kommen, desto mehr geht uns der Arsch auf Grundeis. Conny hat den Weg schnell wieder gefunden und erkennt das Boot.

Wir bleiben stehen.

Sie beschreibt es, damit auch wir es sehen können. *Rey de la mar.* Conny weigert sich weiter zu gehen. Auch mir ist eher nach umdrehen, um mich dem Zustand meines Magens anzuschließen. Jetzt bloß nicht kotzen, Richie!

Warum ich?

Rolf macht den rettenden Vorschlag und bietet an, dass er hingehe.

Mann, ist der cool! Beneidenswert!

Mein Kumpel Rolf, ein besserer Bond als ich, wer hätte das gedacht? Ich frag ihn, ob er meine Sonnenbrille haben möchte. Nein, die Entführer sollen ihm in die Augen sehen können. Großartig, Rolf!

Conny beschließt, mit mir ein verliebtes Pärchen zu spielen, das einen Blues tanzt, um dabei Rolf abwechselnd ständig im Auge behalten zu können. Toller Plan. Und auch so unauffällig.

Rolf wird so tun, als wolle er sich die Schuhe zubinden, sobald er Rita entdeckt hat.

Super Idee!

Wenn Gefahr besteht, wolle er sich am Hinterkopf kratzen.

Klasse Einfall!

Wenn keiner an Bord ist, wolle er sich in den Schritt fassen, das Zeichen, dass wir kommen können.

Jetzt ist aber gut! Wie wäre es mit Flaggensignalen?

„Rolf, geh endlich und lauf einfach weg, wenn es gefährlich wird!"

Er atmet durch und schreitet los.

Ja, er schreitet!

Wie auf einem Laufsteg. Supermodel Rolf stellt ihnen die neue Sommerkollektion für sanfte Männer vor. Das Hawaiihemd, das man in dieser Saison bis zum Bauchnabel aufgeknöpft trägt, eine weiße Leinenhose, die vom Herabrutschen durch einen Krokodillederimitationengürtel gehalten wird und hellblaue Leinenschuhe, die das feminin männliche Bild abrunden.

Ist hier montags immer so wenig los? Es sind kaum Menschen zu sehen.

Hier liegen an die 80 Boote. Der Stegausleger, vor dem wir uns befinden, zählt neunzehn. Neun auf der rechten und zehn auf der linken Seite. Die *Rey de la mar* ist das achte auf der rechten Seite.

Nur auf dem fünften Boot der linken Seite scheint jemand an Bord zu sein. Vorsichtig übersteigen wir die Kette mit dem Hinweisschild, das nur Berechtigten der Zutritt zu diesem Stegausleger erlaubt ist.

Unsere Mission berechtigt uns.

Conny nimmt mich in einen Tanzhaltungsgriff und beginnt mich zu drehen. Ach ja, der Blues. Nein, Richie, die umliegenden Boote werden nicht gezählt. Auch nicht die vielen bunten Flaggen. Reiß dich zusammen, deine Zählsucht ist Vergangenheit.

Rolf hat nur noch wenige Meter bis zum Boot.

Irgendwelche Regungen an Bord? Kann er was sehen oder hören?

Binde dir endlich die Schuhe, Mann. Oder kratz dich am Arsch. Nee, halt, Arschkratzen war ja gar nicht ausgemacht.

„Hola!" grüßt Rolf in Richtung Boot Nummer fünf, links.

Wir zucken zusammen. Alles in Ordnung. Er hat nur den Skipper dort begrüßt. Rolf steht jetzt vor der *Rey de la mar*.

„Was macht er, Conny? Siehst du was? Dreh doch mal weiter, ich will auch mal gucken!"

„Er fasst sich in den Schritt!"

„Was bedeutet das noch mal?"

„Wir können kommen."

Auch wir grüßen mit einem „Hola" Nummer fünf, links und stehen nun zu dritt ratlos vor der *Rey*.

Dank der Aufmerksamkeit des Kapitäns der Nummer fünf, links, erfahren wir – nach Rolfs Übersetzung – dass die Crew der *Rey* heute Morgen weggegangen sei.

Ja, ein Mädchen wäre dabei gewesen.

Ja, das auf dem Foto.

Nein, wir sind nicht von der Polizei.

Nein, er kann es nicht gestatten, die *Rey* zu betreten.

Nein, er kenne die Crew nicht.

Er will gleich ablegen. Danke, ebenso einen schönen Tag.

Wir verlassen den Ausleger.

Trinken wäre jetzt angebracht. Und ein guter Rat.

Rolfs Handy klingelt.

„Wahrscheinlich gibt Miguel ihm jetzt eine Einkaufsliste durch oder den Stand der aktuellen Korruptionskasse."

„Sei nicht so zynisch, Richie! Ohne Rolf wären wir ganz schön aufgeschmissen!"

„Du hast ja Recht!", küsse ich Conny auf die Wange.

„Richie, Conny, kommt! Das war der Security-Mann aus dem Hotel. Rita ist mit zwei Männern auf ihrem Zimmer!"

„Was?"

„Schnell, wir müssen ins Hotel! Lauft! Der Security-Mann will versuchen, sie unter einem Vorwand festzuhalten, notfalls mit Gewalt. Wir müssen uns beeilen!"

Meine Kondition ist der sportlichen Anforderung eines Dauerlaufes bei 32 Grad Celsius nicht gewachsen.

Ich bekomme Seitenstechen und röchele, wie ein Kettenraucher nach einem Treppengang in die vierzigste Etage.

Warum haben wir uns nichts zu trinken mitgenommen?

Endlich am Auto. Wieso ist Conny denn so fit? Treibt sie

Sport? Ich werde sie fragen, sobald ich wieder genügend Luft zum Reden habe.

Im Moment ist Connys Plappermäulchen auf Dauersprechen eingestellt. Sie sitzt vorn bei Rolf und löchert ihn mit den ständig selben Fragen über den Anruf, nur abwechslungsweise jeweils anders gestellt.

Was hat er gesagt? Was sagte er denn genau? Wie drückte er sich aus? Was konnte er sehen?

Armer Rolf, aber er macht das gut. Endlich hat er sie beruhigt. Ich zähle die vorbei ziehenden Bäume. Conny dreht sich zu mir nach hinten. Sie streift ihr Haar zurück.

„Geht´s wieder, Schatz?"

Ich nicke.

Vor dem Hotel stehen drei Polizeiwagen. Wieder hechele ich den Beiden hinterher.

Rolf beginnt sofort ein Gespräch mit unserer Freundin von der Rezeption und dem daneben stehendem Polizeibeamten. Spanisch müsste man können. Die reden noch schneller als Conny, wenn sie sauer ist. Nur mit dem Unterschied, dass mich bei diesem Gespräch hier der Inhalt interessiert.

Keine Chance. Conny nimmt meine Hand.

Sie wagt es, das spanische Redetrio zu unterbrechen, zwecks Zwischenstandsmeldung.

Tolles Mädchen, meine Conny!

Die beiden Männer wollten mit Rita und zwei Koffern das Zimmer verlassen. Der Security-Mann konnte sie unter einem versuchten Vorwand nicht aufhalten. Er stieß die Männer dann mit Gewalt ins Zimmer zurück und verschloss die Tür. Den Schlüssel ließ er stecken. Rita sperrte er kurzerhand in die Wäschestation der Etage, die nur mit einem Riegel von außen geöffnet werden kann. Dann ließ er über die Rezeption die Polizei rufen.

Drei Beamte sind jetzt oben im Hotelzimmer, Rita wird im Managerbüro vernommen.

Nein, wir können jetzt nicht zu Rita.

Ja, der Hotelmanager ist als Dolmetscher behilflich.

Jedenfalls ist Rita in Sicherheit!

Uff!

Ein Servicemitarbeiter bringt uns Kaffee und aqua sin gas.

In einer Sofaecke der Hotelhalle finden wir zu dritt etwas Ruhe. Ich nutze die Gelegenheit und danke Rolf für seine Hilfe.

Conny hält meine Hand. Sie schafft es, nicht dazwischen zu quatschen. Ich lobe Rolfs Einfallsreichtum, besonders aber seine coole Haltung.

So viel Aufregung und Spaß hätte er seit Jahren nicht mehr gehabt. Aber der Spaß sei noch nicht vorbei. Was hat Rita wirklich angestellt? Kommt sie wegen Hochstapelei ins Gefängnis?

„Señor Bond!"

Die Rezeptionistin ruft und zeigt auf einen Seitenflur der Halle, wo Rita im Bikini mit Lendenschurz, Badeschlappen, Strohhut und einem über die Schultern gelegten Sakko neben dem Hotelmanager – ohne Sakko – und zwei Polizisten auf die Rezeption zu gehen.

Ich stehe auf.

Rita hat den Aufruf meines Namens auch gehört. Sie sieht sich in der Hotelhalle um und erblickt mich.

„Richie!", kommt sie auf mich zu gerannt und fällt mir weinend in die Arme. „Oh Richie, wie schön dich zu sehen.

Du bist tatsächlich gekommen, um mich zu retten! Danke, mein lieber, lieber Richie!"

Ich versuche nicht wirklich, mich gegen die Küsse von Rita zu wehren. Conny ist sofort zur Stelle, um die Situation in die Hand zu nehmen.

„Hallo, Frau Gräfin. Na, wie viele Jahre wirst du brummen?"

„Conny, oh, Conny!" lässt Rita leider von mir ab und umklammert nun ihre ehemalige Zofe.

„Bitte verzeih mir, Conny, ich habe mich so … so … dumm benommen! Danke! Danke euch!"

„Du musst dich bei diesem Herrn, hier bedanken!" bleibt Conny abweisend kühl und stellt Rolf als verdienten Held des Tages vor. Nun ist Rolf an der Reihe, geklammert und geküsst zu werden. Der arme Rolf.

Na, Mädel, bei dem stößt du auf Granit, der steht auf harte Jungs.

Von wegen!

Rolf umarmt und küsst zurück, was das Zeug hält!

Wieder eilt Conny zu Hilfe. „Los, jetzt erzähl erst mal, was Sache ist."

Aber Rita kommt gar nicht erst dazu. Die Fahrstuhltür öffnet sich. Ritas Yachtbesitzer und sein Kumpan werden aus dem Hotel gebracht.

Rita dreht sich weg.

Ich schaue mir die Burschen genau an und bin froh, dass es zu keiner körperlichen Auseinandersetzung gekommen ist.

Hasta la vista, Baby!

Der Security-Mann kommt auf uns zu.

Wir können wieder aufs Zimmer. Señorita Hasselhoff möchte sich sicher gern frisch machen und umziehen.

„Muchas gracias!", lächelt sie den Security-Mann an, der sichtlich erfreut ist.

Wir beschließen, Rita in einer halben Stunde auf ihr Zimmer zu folgen, um endlich zu hören, was genau vorgefallen war.

Der Hotelmanager bekommt sein zerknittertes Sakko zurück und verschwindet wieder in seinem Büro, als sei nichts gewesen. Der Menschenauflauf vor dem Hotel hat sich inzwischen aufgelöst. Alles scheint in Ordnung. Rolf nimmt stolz in der Sofaecke Platz, ich schaue zufrieden und erleichtert auf die Wandmuster, um mit dem Zählen der Ornamente anzufangen und Conny schreitet bösen Blickes auf und ab bis sie schließlich auf mich zu kommt und mir eine klebt.

Klatsch!

„Aua! Spinnst du?"

„Das war für die Knutscherei mit Rita eben!"

Mit der linken Hand die Wange reibend packe ich mit der rechten Connys Arm und zerre sie in die Sofaecke.

„Du hast ja wohl eine Macke! Was fällt dir ein, mich vor den Leuten hier und meinem Freund zu ohrfeigen? Rita hat sich nur bedankt und war froh, ein vertrautes Gesicht zu sehen!"

„Ach, vertraut, ja? Eure Vertrautheit war euch auch deutlich anzusehen! Musstest du sie gleich küssen?"

„Sie hat mich geküsst, verdammt noch mal!"

„Zum Küssen gehören aber immer zwei, mein Lieber!"

Rolf beginnt laut zu lachen und klopft sich auf die Schenkel: „Ihr Beiden solltet heiraten! Kommt und lasst uns nun endlich Ritas Geschichte anhören."

An der Rezeption vorbeigehend, bestellt Rolf Champagner mit sechs Gläsern auf Ritas Zimmer und Rechnung.

Die Rezeptionistin muss leider ablehnen.

Also fünf Gläser.

Nein, auch dem Security-Mann sei Alkohol im Dienst nicht gestattet.

Dann eben nur vier Gläser.

Rita sieht blendend aus. Die Sonne hat ihren Körper wunderbar braungebrannt, ihr Hirn dagegen weich, aber das tut dem Anblick keinen Abbruch. In Shorts und engem, fast durchsichtigem, weißem Top, bittet sie uns, Platz zu nehmen.

Conny kocht vor Wut: „Du solltest dir etwas anziehen, Rita, deine Beinchen und Ärmchen frieren sicher gleich ab!"

Rolf amüsiert sich prächtig.

Ich versuche, nicht auf Ritas Top zu starren und sehe mir die Holzdecke an. Das müssen so an die 200 Leisten sein, schätze ich.

Der Zimmerservice bringt den Champagner. Nur widerwillig zeichnet Rita den Beleg ab.

Ja, so eine Rettung ist kostspielig. Und da war noch nicht mal der Flug dabei!

Rolf öffnet geübt die Flasche und schenkt ein. Er nimmt auch die angespannte Situation in die Hand: „So, jetzt erstmal ein Prösterchen auf die Rettung und das alles gut ausgegangen ist!"

Prösterchen! Gibt es hier eigentlich Kölsch? Diese Puffbrause ist eigentlich nicht so mein Ding.

Um die Dramatik ihrer Geschichte zu erhöhen, geht Rita im Zimmer auf und ab. Wir sitzen auf dem Bett und hören gespannt zu.

„Um es noch einmal zu sagen, Conny, es tut mir sehr, sehr Leid, wie ich dich behandelt habe!"

Conny will gleich Ritas ersten Satz unterbrechen, aber ich halte ihr zärtlich den Mund zu und gebe ihr einen Kuss auf die Wange. Das scheint ihr zu gefallen. Ihr darauf folgender Blick zu Rita will wohl zum Ausdruck bringen „Siehste! Richie ist jetzt mein Freund!" oder so ähnlich. Jedenfalls schweigt Conny.

„Ja, ich habe mich schäbig verhalten. Aber so eine Yacht und die Sonne, die Jungs und die ganze Stimmung ließen mich einfach in einen Traum verfallen. Mein Traum, eine Prinzessin zu sein oder wenigstens eine Gräfin, schien wahr zu werden. Conny, der Nachmittag, wo du shoppen gehen und ich mir lieber den Hafen ansehen wollte, schien mein Leben zu verändern. Vor Daniels Yacht stolperte ich dann. Er sprang vom Boot und half mir auf. Da war es um mich geschehen, es war Liebe auf den ersten Blick. Aber ein armes, kleines deutsches Mädchen kann einen Yachtbesitzer doch nicht beeindrucken, dachte ich. Also stellte ich mich als Gräfin Isabel De Boer vor. Für einen Spanier sprach Daniel ganz gut deutsch. Die fehlenden Worte ergänzten wir auf Englisch. Er stammt aus Barcelona und schwärmte von der Stadt und seiner einflussreichen Familie, erzählte von dem großen Landsitz und den 30 Pferden. Es war wie im Märchen. Wir verabredeten uns zum Abendessen. Conny wollte es nicht verstehen, als ich ihr erklärte, dass ich das große Los gezogen habe.

Wenn Daniel mich abholen wollte, bin ich immer zum benachbarten Edel-Hotel gegangen, um mich mit dieser Bruchbude hier nicht zu verraten. Dort setzte er mich auch ab. Ich wartete immer, bis er weggefahren war und ging dann in unser Hotel.

Als ich Conny mit zum Yachthafen nahm, um ihr das Boot zu zeigen dachte ich, Daniel und sein Steuermann wären nicht da. Leider doch. Also sahen sie Conny. Ich stellte sie als meine Zofe vor."

„Ja, Rita, da hätte ich dich gleich ins Wasser werfen sollen, dann wäre es gar nicht erst …"

„Psst, Conny, lass Rita die Chance, alles zu erzählen!"

„Also, meine Zofe wurde jedenfalls sauer und zog ab. Ich erklärte Daniel, sie mache momentan eine schwere Zeit durch. Ich lehne ihr schlechtes Benehmen auch ab, ließe sie aber jetzt ziehen. Er nahm mich zu sich an Bord, schickte den Steuermann weg und dann … na ja … könnt ihr Euch ja denken. Ich vergaß alles um mich herum, wer ich bin, woher ich komme, dich Conny und überhaupt. Ich wollte nur noch meinen Traum leben: die Gräfin und der reiche Yachtbesitzer. Es machte ihm nichts aus, dass ich keine Kleider zum Wechseln bei mir hatte, wir gingen einfach einkaufen. Er verwöhnte mich, dass es einfach nur noch herrlich war. Nach zwei Tagen wollte ich aber auch mal wieder für mich sein. Und außerdem wollte ich mit Conny sprechen. Ich sagte Daniel, ich müsste einen Termin wahrnehmen, wir könnten uns aber zum Abendessen wieder treffen."

Rita macht eine kurze Trinkpause und setzt sich endlich hin. Wir schweigen und sind auf die Fortsetzung gespannt.

„Na ja, jetzt zum unangenehmen Teil: ich kam über den gewohnten Umweg über das Edel-Hotel hier an und war geschockt, Conny, dass deine Sachen nicht mehr im Zimmer waren. Ich rief die Rezeption an und erfuhr, dass du abgereist warst. Ich wollte dich anrufen, Conny, aber mein Handy mit deiner Telefonnummer hatte ich auf dem Boot vergessen. Über den Nachmittag beschloss ich, Daniel die Wahrheit zu sagen. Deine Abreise hat mich in die Realität zurückgeholt, wirklich, Conny! Dann wurde alles noch viel schlimmer. Ich wartete abends, wie mit Daniel verabredet, vor dem Hotel. Aber Daniel kam nicht mit dem Mietwagen vorgefahren, wie sonst. Er stand plötzlich hinter mir und packte mich am Arm. Wortlos zog er mich den Weg bis zu seinem Wagen, den er in einer Nebenstraße abgestellt hatte, neben sich her. Im Auto begann er, mich anzuschreien.

Es war furchtbar! Er wollte mich überraschen und fragte im Edel-Hotel nach Gräfin De Boer und der Suite. Der Concierge muss wohl ziemlich blöd geguckt haben. Es gäbe keine Gräfin.

Auf dem Weg zur Marina, schrie er und drohte mich zu schlagen. Ich bat ihn anzuhalten und alles erklären zu dürfen. Erst am Yachthafen, beruhigte er sich und warnte mich, keinen Mucks von mir zu geben, bis wir an Bord sind, sonst würde er mich umbringen. Die Marina war voller Menschen, ich hätte nur Hilfe schreien brauchen. Aber ich hatte Angst! Auf dem Boot sperrte er mich in meine Kabine, um sich mit seinem Steuermann zu beraten. Es ging heiß her, aber ich habe kein Wort verstanden.

Ich hatte solche Panik, dass das Boot plötzlich los fahren könnte. Kein Mensch wusste doch, wo ich war! Ich fand mein Handy, der Akku war fast leer. Ich dachte, vielleicht reichte es nur noch für eine kurze SMS, aber wen sollte ich ansimsen? Conny? Was, wenn sie gar nicht reagieren würde, weil sie immer noch sauer auf mich ist? Nein, ich brauchte jemanden, dem ich vertrauen konnte und der zuverlässig ist, also simste ich dich an, mein lieber Richie!"

Ich kann mein Lächeln nicht unterdrücken. Oh, wie süß sie aussieht.

„Weiter!", fordert Conny streng, ihre Arme über der Brust verschränkt.

„Ich glaube, ich war eine Stunde eingesperrt. Der Handyakku war wirklich am Ende. Zum Glück fuhr das Boot aber nicht los. Dann kam Daniel zu mir in die Kabine. Er schrie fast nur. Ich hätte ihn entehrt, vor seinem Steuermann lächerlich gemacht, seinen Stolz mit unverzeihlicher Schande verletzt, betrogen und ausgenommen und drohte mit Polizei. Ich versuchte ihm zu erklären, dass meine Gefühle echt waren und auch, weshalb ich das tat. Er könne mir nicht mehr vertrauen und überlege, was er tun wolle. Dann ging er und schloss mich wieder ein. Die ganze Zeit diskutierte er mit dem Steuermann. Ich betete und heulte die ganze Nacht. Heute Morgen kam er in die Kabine und schlug mir mit der flachen Hand ins Gesicht. Er wollte mit mir ins Hotel, um zu sehen, wie ich wirklich wohne. Besonders interessierte ihn aber, ob die Zofe noch da wäre, eine Zeugin also. Das hielt ihn wohl davon ab, mich gestern einfach ins Meer zu werfen. Wieder warnte er mich vor Tricks. Ich sollte lächeln und den Mund halten, bis wir im Hotelzimmer wären. Er durchsuchte das Zimmer und meine Klamotten. Schrie was von billiger Schlampe und gab dem Steuermann den Befehl, alles in die Koffer zu packen. Er würde mich und die Koffer mitnehmen und dann mal sehen.

Ich geriet wieder in Panik. Dann klopfte es an der Tür. Der Security-Mann. Er wollte den Rauchmelder kurz prüfen und bat darum rein gelassen zu werden. Daniel wollte ihn wegschicken, dass könnte er gefälligst auch nachher machen. Dann ging alles ganz schnell. Er schubste erst Daniel zu Boden, dann den Steuermann. Mich zog er ..."

„Den Teil kennen wir schon, Conny", neigt sich Rolf vor, „was hat denn jetzt die Polizei gesagt?"

„Es kam zu einer Vereinbarung. Ich sehe von einer Anzeige wegen Kidnapping ab, wenn Daniel auch nichts gegen mich unternimmt. Außerdem soll er noch heute mit seinem Boot die Insel verlassen."

„Das war alles?"

„Ja, das war alles. Es ist vorbei!"

„Ja, nochmals Prösterchen auf den Erfolg der Bond-Gang!", ziehe ich mir den letzten Schluck Champagner rein.

Conny sitzt kopfschüttelnd neben mir. Für sie scheint es nicht vorbei zu sein. Sie steht plötzlich auf und wendet sich an uns: „Kommt, lasst uns gehen!"

Wir schauen uns fragend um.

„Und noch einen schönen Urlaub, Rita!", öffnet Conny die Zimmertür und bleibt wartend im Türrahmen stehen.

„Was ist, Jungs? Oder wollt ihr lieber noch bei Rita bleiben?"

Was für ein Tag!

Wir hätten noch Zeit gehabt, an den Strand zu gehen oder irgend etwas zu besichtigen. Aber Conny besteht darauf, zu Rolfs Haus zurückzukehren und von dort aus die nächste Maschine zu buchen. Nichts kann sie davon abbringen. Auch nicht Rolfs, den Feierabend genießenden, Schatzi Miguel, der Conny mit charmanten Komplimenten überschüttet und abwechselnd ihre Arme oder Hände hält, um sie bei Laune zu halten. Wüsste ich nicht, dass er schwul ist, würde ich mir ernsthafte Gedanken machen.

Rolf richtet ein paar Snacks und Miguel verschwindet im Arbeitszimmer.

Ich weiß nicht, wie Miguel es angestellt hat, aber wir bekommen noch in der Nacht einen Rückflug, wenn auch über die Umwege Lissabon und Hamburg.

Am frühen Morgen, die Sonne war noch nicht aufgegangen, kommen wir todmüde in Köln an und – kaum im Bett liegend – fallen wir in einen tiefen Schlaf.

Gegen Mittag wache ich auf und rufe meinen Chef an, um ihm stolz mitzuteilen, dass ich die Mission erfolgreich beendet habe und morgen wieder arbeiten werde. Er möge mir das Erzählen der Einzelheiten am Telefon ersparen.

Conny fahre ich gegen ihren Willen am Nachmittag nach Hause.

Ich brauche jetzt wirklich Ruhe!

Die nächsten Tage vergingen in einer ungewohnten Routine.

Nach den Erlebnissen der letzten Zeit aber eher ein Genuss. Meine Kollegen trudelten wieder so nach und nach aus dem Urlaub ein und mit Conny lief es im Großen und Ganzen ganz harmonisch.

Ich hatte sie neulich gebeten, mich nach ihrer Frühschicht von der Arbeit abzuholen und etwas möglichst aufreizendes anzuziehen, da ich mir nicht sicher war, ob Micha und Müischa vielleicht doch das Gerücht gestreut hätten, ich wäre vom anderen Ufer. In letzter Zeit hatte ich jedenfalls immer häufiger Kollegengetuschel vernommen, das aber schlagartig aufhörte, sobald ich in die Nähe kam.

So verabredete ich mich mit Conny zum Feierabend an der Warenannahme.

Okay, sie war etwas zu grell geschminkt und ihr Gang glich eher dem einer Bordsteinschwalbe, aber mit diesen Stöckelschuhen ist ein gleichmäßiges Schreiten wohl undenkbar.

Das Thema war jedenfalls schnell erledigt. Connys Auftritt machte im Nullkommanix die Runde. Ich glaube, Philipp hat den Telefonrundruf gestartet, um die anderen Kollegen über den reizenden Anblick in der Warenannahme zu informieren. Na ja, gut aussehende Damen sind in unserem Lager auch sehr selten bis völlig ausgeschlossen.

Keiner der Kollegen hatte es, wie sonst üblich, eilig nach Hause zu kommen. Jeder hatte plötzlich noch etwas in der Warenannahme zu tun, um sich die heiße Braut anzusehen, die auf Herrn Bond wartete.

Danke, Conny!

Nach Connys Auffassung hätte ich in ihr ein Zuhause gefunden, wäre angekommen, hätte mein Licht am Ende des Tunnels entdeckt... um nur einige Metaphern zu nennen, die ihr einfallen, um mir damit deutlich zu machen, dass wir jetzt fest zusammen wären.

Aha!

Sind wir das?

Ein Licht am Ende eines Tunnels kann aber auch ein entgegenkommender Zug sein.

Jedes Mal, wenn sie zu mir in die Wohnung kommt, bringt sie mehr Sachen mit.

Mein Vorschlag, uns auch mal bei ihr zu treffen, lehnt sie ab. Die kleine ungemütliche Bude ohne Badewanne würde sie gern bald für immer verlassen wollen.

Aha!

Ob wir denn wirklich auf Dauer zwei Wohnungen brauchen? Vorsicht, Richie!

Die heimische Harmonie wurde eigentlich nur durch Ritas plötzliche Besuchsankündigung empfindlich gestört. Sie hatte den Schock endlich überwunden und brach ihren Urlaub drei Tage nach unserem Rückflug ab. Der Security-Mann hätte sie noch trösten können, sonst wäre sie gleich am nächsten Tag abgeflogen.

Ich lade sie für Sonntagabend zu mir ein. Schließlich hatten wir sie vor ein paar Tagen einfach so im Hotelzimmer sitzen lassen.

Conny kommt richtig in Fahrt.

Was mir denn einfiele? Sie hätte Rita schließlich die Freundschaft gekündigt. Wie könnte ich ihr jetzt so in den Rücken fallen? Und dann auch noch am Sonntag, ohne mit ihr vorher zu reden.

Mein Plappermäulchen ist nur schwer zu beruhigen. Ich brauche die ganze Freitagnacht, um Conny von meiner Zuneigung zu überzeugen.

Samstagmorgen hat Conny die glorreiche Idee, mit mir Klamotten kaufen zu gehen. Ich brauche immer noch eine neue Jeans und, dank Matze und Leonie eine Jogginghose, Boxershorts und T-Shirts.

Ob ich Conny den reizenden Elmar vorstellen soll?

Den Zustand meines Geldbeutels ignorierend, ziehen wir los. Nach drei Schuhgeschäften, von denen nie die Rede war und dessen Aufsuchung mich auch gar nicht betraf, zerrt Conny mich in ein Sportbekleidungsgeschäft.

Ach, Elmar, wie gern wäre ich jetzt bei dir!

Nach einem orangefarbenem Polohemd für 59,00€ und einem kleinen Streitgespräch zwischen zwei Liebenden nach dem Motto „du nimmst das jetzt… das ist modern… blaue Hemden hast du genug!" geht es zu Connys Beruhigung erst einmal in ein Schuhgeschäft.

Ich erkläre lautstark Schuhgeschäfte zu Connys Therapiezentren ihrer Schuhneurosen und heimse mir dafür einen zehnminütigen Vortrag über partnerschaftliches Verständnis ein, währenddessen sie acht Paar Schuhe anprobiert. Die anwesenden Damen im Gang stehen kurz vor Beifallsstürmen, als sie mich zum Ende ihrer Ausführungen so sehr zusammen gefaltet hat, dass ich in einen der zahllosen leeren Schuhkartons passen würde, die sie um sich herum im Gang verstreut hat. Eine der Damen, angeblich Reporterin, hat sogar ein Diktiergerät mitlaufen lassen und bittet um wortwörtliche Wiedergabe in einem Kölner Tageblatt.

Kleinlaut, vom Leben verlassen, entschlüpfe ich dem imaginären Karton und setze mich zu einer Gruppe ebenfalls vom Leben ausgeschlossener Männer, die ihre Aufmerksamkeit einer attraktiven Verkäuferin im Minirock widmen, die eben eine gläserne Spindeltreppe über uns hoch schreitet.

Die Bemerkung meines Nachbarn „so macht Einkaufen Spaß!" findet allgemeine Zustimmung in der nach oben blickenden Herrenrunde.

Conny ruft und Hündchen Richie dackelt zu Frauchen.

Ich muss staunen.

Wie hat sie es nur geschafft, die wenigen, nicht erworbenen Schuhe in die zahllosen, im Gang zerstreuten Kartons wieder ordentlich einzusortieren und an ihren offensichtlich richtigen Platz im Regal zurückzustellen?

Es beginnt zu regnen.

Wir finden Unterstand in einem Schuhgeschäft.

Wieso bin ich nicht überrascht?

Ich sehe mich nach einer Männergruppe und einer gläsernen Spindeltreppe um.

Erfolglos.

Ich hätte schwören können, in dem Geschäft eben gewesen zu sein. Wortlos halte ich inne und warte ab, was Frauchen jetzt befiehlt.

Gegen späten Nachmittag kehren wir ins traute Heim zurück. Unsere käuflich erworbene Beute beträgt: einen Rüschenslip für Conny, ein Fünferpack Söckchen für Conny, ein Fünferpack weiße T-Shirts für Conny (ein weißes Top wäre mir lieber gewesen, aber sie braucht diese Socken und T-Shirts für die Arbeit im Seniorenstift), schwarze Lackschuhe für Conny, weiße Leinenschuhe für Conny, rote Sandalen für Conny und ein orangefarbenes Poloshirt für den lieben Richie, welches die nächsten Jahre sein Dasein in meinem Kleiderschrank fristen wird, da ich orange nicht trage.

Fazit: Wieder keine Hose!

Während wir über die Frage diskutieren, wer von uns Beiden nun Schuld sei, meinen Hosenkauf vergessen zu haben, klingelt das Telefon.

Wie selbstverständlich, nimmt Conny meinen Hörer von meinem Telefon ab und meldet sich mit meinem Namen Bond.

Mich trifft fast der Schlag!

Hat sie zu der Schuhneurose noch die Angstneurose entwickelt, dass hinter jedem Anruf die böse Hexe Rita stecken könnte?

Die spinnt wohl!

Das könnte auch genauso gut meine Mutter sein, die einen Schock bekäme, wenn sich unter meiner Nummer eine Frauenstimme mit Bond melden würde!

„Nein, Frau Bond, ich bin nur eine Freundin von Richie."

Conny reicht mir den Hörer.

„Mama?"

„Richard, mein Junge, wer ist denn das Mädchen? Du hast doch nicht heimlich geheiratet?"

Mit einem Blick, der Töten könnte, sehe ich Conny an. Sie zuckt nur mit den Achseln und beginnt, sich auszuziehen. Schützend drehe ich mich um. Der Telefonhörer könnte vielleicht Augen haben. Schließlich ist das meine Mutter.

„Nein, Mama, Unsinn! Conny hat sich nur versprochen. Sie hat mich heute beim Einkaufen begleitet und jetzt trinken wir noch eine Tasse Kaffee zusammen."

In diesem Moment führt mir Conny den Rüschenslip vor.

Um ihn besonders zu betonen, trägt sie nichts anderes.

„Mama, ich rufe dich gleich zurück, ja? Der Kaffee ist grad durch. Und grüß Papa!", lege ich auf. „Sag mal, spinnst du?"

„Gefällt dir, was ich anhabe, amore mio?"

„Ja! Aber, wie kannst du …"

„Möchte mein starker Richie nicht mal gucken kommen, ob er auch richtig sitzt, der kleine unanständige Slip?"

Ich gebe auf und unterwerfe mich meiner Domina.

Nach vier Minuten zieht sie sich enttäuscht an. Warum macht sie mich auch so heiß, selbst Schuld!

Was erwarten Frauen eigentlich?

Man kann nicht einen Topf Milch auf eine heiße Herdplatte stellen und erwarten, dass sie nicht überkocht.

Nach vier Minuten.

„Hallo, Mama, hier ist Richard noch mal. Was wolltest du denn?"

„Ach, Junge, ich muss doch nichts wollen, wenn ich mal meinen Sohn sprechen möchte. Wie geht´s denn auf der Arbeit?"

„Alles dufte, Mama, da hab ich alles im Griff."

„Und das Mädchen, was eben bei dir war? Erzähl doch mal, mein Junge."

„Das ist Conny. Ich kenne sie schon eine Weile, wir treffen uns hin und wieder."

„Was macht sie denn so?"

„Sie ist Altenpflegerin, also genau das richtige für deinen alten Sohn.", versuche ich einen Hauch Humor unterzubringen.

Conny scheppert in der Küche mit Geschirr.

„Ist was heruntergefallen, Richard?"

„Nein, ja … Mama, Conny ist noch hier!", nehme ich mir ein Herz und beschließe, meiner Mutter reinen Wein einzuschenken.

So prassele ich los, ohne meiner Mutter eine Chance zu geben, meinen Redefluss zu unterbrechen und überrasche mich selbst damit, wie sehr ich mich in die Erzählung hinein steigere:

„Conny ist meine Freundin und ich würde mich freuen, wenn ihr euch alle mal kennen lernen würdet. Eigentlich wollte ich euch im Urlaub von ihr erzählen und ein Foto zeigen. Mama, sie ist … die …Richtige. Sie ist einfach wundervoll, reizend, humorvoll, fleißig, hübsch und sehr, sehr lieb. Ich … ich glaube … ich … liebe sie!"

Ich vernehme sanftes Weinen.

Zunächst aus dem Hörer, dass des Mutterglücks.

Dann hinter mir, dass der Geliebten.

„Mama, wir sehen uns bald. Bis die Tage und grüß Papa!"

„Ja, machs gut, mein Junge, ich freue mich für euch!"

Ich schaffe es gar nicht, den Hörer aufzulegen.

Conny springt mich an und reißt mich zu Boden. Auf dem Rücken liegend, sie auf mir sitzend erfahre ich von ihr: „Richie, oh mein Richie! Ich liebe dich auch! Ich bin ja so glücklich, mein Schatz!"

Es folgen hunderte von Küssen, die ich aber nicht mitzähle, um meine volle Konzentration auf die Wiedergutmachung der vorhin schief gelaufen vier Minuten zu richten.

Diesmal ist die Milch nicht so schnell übergekocht.

Der Herd war aber auch nicht so heiß wie vorhin.

Conny stellt das Datum unserer heute eingestandenen Liebe fest und umkreist mit einem roten Filzstift die 14 auf dem Wandkalender in der Küche.

Dass Frauen immer alles katalogisieren müssen.

Der erste Kuss, der erste Blumenstrauß, das erste Mal, das zweite Mal, das dritte Mal (das schon das erste Jubiläum ist), Verlobungstag, Hochzeitstag und weiß der Himmel was noch alles.

Frauen führen Kalender über so was.

Mich interessiert in einem Kalender nur die Unterscheidung zwischen Werktag und Feiertag also Arbeits- oder Freizeit.

Und mein Geburtstag ist immer am gleichen Tag.

Wozu also der Aufriss?

Was ist denn daran wichtig, wann und wie oft ich Blumen mitbringe oder ob ich mich an diverse Jubiläumstage erinnere? Wird daran meine Liebe gemessen?

Okay, merke ich mir also den vierzehnten als … „als was denn Conny?"

„Na, als unseren offiziellen Zusammenseinstag, Liebling!"

„Conny, wir kennen uns seit Jahren und ich weiß nicht, wie oft wir es schon …"

„Wie oft wir schon zusammen Liebe gemacht haben, meinst du?"

Ach so heißt das.

„Hast du etwa mitgezählt, Conny?"

„Nur die guten!"

„Die guten was?"

„Komm, ich flüstere es dir in dein süßes Ohr, mein Schatz …"

Und ich dachte, ich leide unter Zählsucht!

Conny ist pervers!

Sie unterscheidet Sex in drei Kategorien.

Kategorie eins wertet sie gar nicht, so wie zum Beispiel die vier Minuten von vorhin, Kategorie zwei bekommt halbe Punktzahl und Kategorie drei als Höchstmass einen ganzen Punkt.

Die ist doch nicht ganz dicht, meine plötzliche, große Liebe, oder?

Auf meine Frage, wie sie denn eine ganze Liebesnacht abrechnen würde, antwortet sie, sie nähme den durchschnittlichen Mittelwert. Mit meinem Einwand, dass dies jedoch die Gesamtanzahl verfälschen würde, konnte ich sie von ihrer Unfähigkeit in Sachen statistischer Erfassung überzeugen.

Nun könne sie mir doch nicht die genaue Anzahl mitteilen, zumal sie ja Kategorie eins nicht mitzählte aber ich läge auf jeden Fall in ihrer Lebensstatistik ganz weit vorn.

Wir sprechen noch eine Weile über Statistik, da mich brennend interessiert, wer denn noch so vorn liegen würde.

Das wäre jetzt Vergangenheit, sie gehöre nur noch mir, wie ich nur noch ihr gehören würde!

Besiegelt mit einem Kuss.

Das hat sie mir aber erst nach dem Kuss gesagt.

Ich lehne daher die Besiegelung unter diesen Voraussetzungen ab. Das Thema wechselt nun zwangsläufig von Statistik zu Vertrauen. Ich muss dreimal mein Liebesbekenntnis ihr gegenüber wiederholen, bis wir schließlich bei Treue landen.

Ich habe Hunger, Liebe geht durch den Magen.

Hastig eile ich zum Supermarkt und kaufe Wein, Nudeln, Gurke, Aufschnitt und Aufback-Baguette.

Wieder kein Bäckerbrot mit Treuepunkt.

Spaghetti kann sie wenigstens kochen.

Ich überlege mir, ob ich auch in Sachen Mahlzeiten Kategorien einführen sollte.

Wir kuscheln als frisch am 14. zusammengefundenes Paar auf dem Sofa zu *Dirty Dancing*, einen ihrer Lieblingsfilme, den sie erst zwanzig Mal gesehen hat. Die Musik finde ich gut, ansonsten nerven mich Connys mitgequasselte Dialoge.

Der Wein geht Conny aus. Ich soll noch mal los, um neuen zu kaufen. Sie bittet mich mit ihren Kulleraugen so lange, bis ich in der Werbepause zum Kiosk hecheln muss, der gleich um die Ecke liegt. Dann kann ich auch gleich noch Kölsch mitbringen, gute Idee!

Den Sonntag beginnt mein Zuckerschneckchen mit schlechter Laune.

Rita kommt heute Abend.

Sie hat es bisher nicht geschafft, mich zum Absagen des Treffens zu bringen. Aber sie hat ja noch den ganzen Sonntag Zeit und nutzt ihn. Mittags bin ich stinksauer und biete ihr an, nach Hause gehen zu können.

Das wäre ja noch schöner, mit Rita allein sein zu wollen. Demonstrativ bereitet sie sich auf Ritas Besuch vor.

Sie verteilt ihre Unterwäsche an gut sichtbaren Plätzen in der Wohnung und versprüht ihr Parfüm an den unmöglichsten Stellen, selbst unter dem Sofa.

Ich renne hinter ihr her und sammele die Slips wieder ein und quetsche sie in *meine* überfüllte Anrichte, die inzwischen zu 80% von ihrer Unterwäsche beherrscht wird.

Den Nachmittag verbringt sie damit, eine Rechnung an Rita zu schreiben: diverse Flüge, Spesen, zwei Tagessätze Rettungseinsatz, ab 17 Uhr mit 25% Aufschlag, entgangene Urlaubsfreuden, Zinsen, Zinseszins und Zinseszinszins, gesamt 2.656,80€. Ja, mein Aufwand sei darin bereits enthalten.

Ich erkläre mich einverstanden, Rita die Rechnung nach dem Essen zu präsentieren.

Wir streiten eine geschlagene Stunde über die auf der Rechnung anzugebende Bankverbindung, schließlich hätte ich mir die Kohle von Rolf geborgt. Sie könne aber besser mit Geld umgehen und erkläre sich bereit, auch in Zukunft unsere gemeinsamen Finanzen zu regeln.

Ich gebe klein bei. Aber nur für heute!

Conny hat mir als designierte Finanzministerin untersagt, weitere Ausgaben für die säumige Schuldnerin Rita zu leisten und unterbricht das Gespräch mit dem Pizzataxi abrupt.

Ich gehe frustriert in die Küche, um Schnittchen zu schmieren. Mehr stünde Rita nicht zu. Schon gar nicht mein Gurkensalat! Und wehe, sie taucht hier in Shorts und Top auf!

Ich nicke zustimmend, so etwas gehöre sich nicht, wenn man jemanden besucht und überlege, wann der richtige Zeitpunkt wäre, auf den Tisch zu hauen.

Conny unterdrückt mich!

Ich merke es, das ist ein Anfang.

Viele Männer merken ihre Unterdrückung gar nicht. Geschickte Frauen benutzen versteckte Unterdrückungstaktiken, die sich von offensiven Unterdrückungen unterscheiden.

Die Versteckten finden scheinbar nebenbei statt, niemals in der Öffentlichkeit und werden, je nach Mentalität des Mannes, nur spät oder bisweilen auch gar nicht entdeckt.

Die offensiven Unterdrückungsformen finden hingegen in der Öffentlichkeit statt, also vor Freunden und Bekannten und führen schnell zur Entdeckung und somit zum unweigerlichen Beziehungsstress.

Schlaue Frauen wählen daher die erste Form und leiten den Mann an, um ihre Ziele durchzusetzen.

Sie geben ihm das Gefühl, selbst zu einer Lösung oder Erkenntnis gefunden zu haben.

Besonders schlaue Frauen loben ihn dann noch für sein geschicktes Vorgehen.

Conny gehört eher zur zweiten Gruppe, was mich aber irgendwie auch beruhigt. So bin ich mir gewiss, ihre Unterdrückungsversuche stets zu erkennen und muss mir nicht ständig die Frage stellen, ob ich versteckte Unterdrückungsformen eventuell übersehen haben könnte, wenn mich Conny einmal loben sollte. So drehe ich den Spieß um und gebe ihr das Gefühl, mich lenken zu können.

Während ich in der Küche werkel untergrabe ich heimlich ihre Autorität und lege Gurkenscheiben auf die Schnittchen.

Damit bin ich ihrer Aufforderung, keinen Gurkensalat zuzubereiten gefolgt, habe aber gleichzeitig meine Selbstachtung behalten, da ich die Gurke dennoch in der Mahlzeit unterbringen konnte.

Als es an der Tür schellt, öffnet selbstverständlich Conny.

Ihre Herrschsucht, die sie zuvor nur an mir ausgeübt hat, überträgt sich nun auf die ganze Wohnung.

Das *Alles meins – Syndrom*, wie ich es nenne, entsteht besonders leicht bei unsicheren Menschen und ist bei vorübergehender Anwendung als Selbstschutz zu verzeihen.

Ich nehme mir vor aufzupassen, dass Conny es nicht übertreibt. Aber momentan steht sie voll in der Rolle des Alphatieres.

Zu unserer Überraschung, kommt Rita nicht allein.

„N´Abend! Das ist Rainer. Ich hoffe, es stört euch nicht, dass ich einen Freund mitgebracht habe?"

Wo hat sie den denn aufgetrieben?

„Hallo, Rainer, sehr erfreut!", gibt Conny sich höflich.

Hallo, na, wie geht´s?", bin ich schwer erleichtert, dass nun die Gefahr eines gewaltigen Stutenbeißens auf ein Minimum reduziert ist.

Rita ist eine schlaue Frau, ich muss es einfach eingestehen. Meistens setzt sie ihren Körper ein, um ihre Ziele zu verfolgen, aber hier hat sie Köpfchen bewiesen.

Naja, ein Frauen-Köpfchen gehört ja auch irgendwie zum Körper.

Conny kann ihr jetzt nicht mehr die lange Nase über ihren Sieg um Richie zeigen.

Rita hat ihr so richtig den Wind aus den Segeln genommen, beeindruckend.

Und wie sie wieder aussieht und duftet!

Dieser Ausschnitt! Rainer ist zu beneiden!

Woher kennt er sie bloß?

Ich traue Rita zu, ihn eben auf der Straße aufgegabelt zu haben. Sie kann so was.

„Nehmt doch Platz. Was wollt ihr trinken?"

Rainer ist ein sympathischer Typ, Elektro-Ingenieur, geschieden, zwei Kinder, viel unterwegs und mag die Stones.

Als ich die Schnittchen serviere, achte ich auf Connys Ausdruck. Sie hat die Gurkenscheiben nicht einmal registriert.

Gut gemacht, Richie!

Meine vorsichtige Art herauszufinden, wie Rita und Rainer zusammengefunden haben, zeigt nicht den gewünschten Erfolg.

Conny bringt es auf den Punkt: „Wie habt Ihr euch kennen gelernt, Rita?"

Auf diese Frage hätte ich auch kommen können!

„Wir kennen uns schon ein paar Jahre, aber da war Rainer noch nicht geschieden."

„Aha", scheint Conny zufrieden, nicht merkend, dass die Frage unbeantwortet geblieben ist.

Ich hake nach. Rita und Rainer drucksen herum und weichen mit Scheinantworten aus. Ich belasse es bei der Selbsterkenntnis, das die beiden schon lange ein Verhältnis miteinander haben und ich an den Wochenenden, an denen Rainer unterwegs war, den Lückenbüßer gespielt habe!

Danke Rita, sehr einfühlsam!

Na ja, ich hielt es mit ihr und Conny ja auch nicht anders. Aber nun scheint sich alles geklärt zu haben.

Schwamm drüber.

Die Stimmung ist wieder entspannter und Rita schlägt vor, etwas zu spielen. Nach zwei Stunden *Das verrückte Labyrinth*, in dem ich unschlagbar bin, erinnert mich Conny daran, dass ich Rita ja noch etwas geben wollte.

Scheiße, die Rechnung!

Ich versuche, Conny mit Augenbewegungen klar zu machen, dass der Zeitpunkt unpassend wäre als sie wieder die Herrschsucht überkommt.

Also stehe ich auf, hole den Umschlag und lege ihn Rita vor. Conny kommentiert: „Schau doch da zu Hause mal rein, Rita."

Conny legt noch ein Gähnen drauf, um deutlich zu machen, dass es Zeit zum Aufbruch für unsere Gäste wäre.

Diese begreifen den Hinweis und verabschieden sich dankend für den reizenden Abend.

Der Abend ging wirklich gut.

Eigentlich wollte ich mit Rita auch noch mal kurz über Teneriffa sprechen aber es schien alles besprochen und keiner von uns hatte noch ein Bedürfnis dieses Thema anzureißen.

Rita und Rainer waren noch keine Minute aus der Tür, da schlägt mein Plappermäulchen wieder zu und schafft es, geschlagene zwanzig Minuten einen Monolog zu halten:

„Wie Rita wieder aussah, diese Schlampe... dass Rainer versucht habe, sie – Conny – anzubaggern, aber ich davon nichts mitbekam, weil ich Rita ständig in den Ausschnitt sehen musste... sie – Conny – sich mehr Aufmerksamkeit von mir gewünscht hätte, wenigstens zwischendurch mal einen Kuss oder ein Lächeln, um unser Zusammensein zu demonstrieren... das wäre ja nicht zu viel verlangt... sie habe nicht das Gefühl, ich stünde hinter unserer Beziehung ..."

„Ich liebe dich, Conny!", werfe ich ein und beende damit den Redeschwall.

Ich habe schnell gelernt, diesen Satz effizient einzusetzen.

Wann benutzen Sie diesen Satz?

„Oh, Schatz, ich dich doch auch! Aber du könntest es noch mehr zeigen, weißt du! Ich meine, wenn wir Besuch haben oder in der Öffentlichkeit, verstehst du?"

Ja, ich verstehe!

Sie will permanente und die jeweils ultimative Demonstration meines Bekenntnisses.

Die ganze Welt soll es wissen. Mindestens in den vierhundert wichtigsten Tageszeitungen dieses Planeten sollte es auf dem Titelblatt erscheinen. Die Geschichte der Welt muss seit dem 14. umgeschrieben werden, so elementar ist dieses Ereignis.

Conny räumt den Tisch ab und lüftet das Wohnzimmer.

Wenn sie so weiter macht, muss sie sich nicht wundern, wenn ich immer öfter die Füße hoch lege und ein fauler, verwöhnter Ehemannabklatsch werde.

Und sie wäre ganz allein daran schuld!

Sie lässt mich nicht mal mehr Staubwischen. Angeblich sei ich nicht gründlich genug.

Viele Männer nehmen solche Äußerungen zum Anlass, ihren Anteil an der Hausarbeit vorsätzlich oberflächlich oder falsch auszuführen. Ihr holdes Weib übernimmt diese ungenügend ausgeübten Tätigkeiten dann wie selbstverständlich, um sie vorbildlich und in Vollendung auszuführen, sich später aber öffentlich darüber zu beklagen, dass der geliebte Partner immer untätiger wird und sich hängen lässt.

Irgendeiner muss es ihnen mal sagen, dass diese Frauen selbst die Schuld daran tragen!

Nun, ich habe hiermit meinen Beitrag dazu geleistet.

Die Frauen der *68er* und nachfolgenden Zeit kämpften für Ziele, deren Realisierung heute fast keine Frau mehr haben will. Die Mädels wollen wieder zu Hause bleiben und Socken stopfen, ehrlich!

Halten Sie einer Frau mal nicht die Tür auf, helfen Sie ihr mal nicht in den Mantel, geleiten Sie sie mal nicht charmant an den Esstisch und schieben ihr den Stuhl unter den Po.

Und sagen Sie stattdessen laut und deutlich: „Was wollt ihr Frauen eigentlich? Ich denke, ihr seid gleichberechtigt? Also mach dir die Tür selber auf! Kannst du deinen Mantel nicht alleine anziehen und bist du nicht in der Lage, dich alleine hinzusetzen?"

Sie werden dann schnell feststellen, dass Emanzipation unerwünscht ist!
Männer werden mich verstehen.

4. Kapitel: Urlaub

Conny war die letzten sechs Tage nicht mehr zu Hause, bis auf einmal Briefkasten leeren und Pflanzen abholen.

Meine Wohnung gleicht einem botanischen Garten. Dafür hat sie unseren Haushalt fest im Griff.

Meinen Wunsch erfüllend, lässt Conny endlich ihr Haar lang wachsen. Es macht sie einfach fraulicher. Ihr Pagenschnitt mag für die Arbeit praktischer sein, aber ihr Richie findet sie so noch attraktiver, ein ausreichendes Argument.

Wenn sie Frühschicht hat, kommen wir fast gleichzeitig nach Hause und wechseln uns mit dem Kochen ab. Sie achtet neuerdings darauf, dass ich auch genügend Vitamine zu mir nehme. Einmal habe ich sie mit Mama angeredet, das Ergebnis war eine – wenn auch sanfte – Ohrfeige.

Bereits die Zweite! Die erste erhielt ich, als ich sie vom Friseur kommend einmal beglückwünschte, wie sehr ihr das straßenköterblond stehen würde, was ihr als Frisch-vom-Strand-Look verkauft wurde.

Seit vier Tagen gehe ich morgens vor der Arbeit schwimmen.

Das Bad in Ehrenfeld öffnet schon um 6.30 Uhr.

Um diese Uhrzeit drängen sich so an die vierzig Buckelwale im zweigeteilten Becken herum. Ich habe meine reifen Mitschwimmerinnen so getauft, als sie rückenschwimmend auf mich zukamen und ein Ausweichen nur unter Abtauchen möglich war. Das Schwimmen dort ist morgens eine Zumutung. Als jüngster zwischen Rentnern habe ich gefälligst auszuweichen. Die Damen und Herren Senioren haben das Schwimmbecken fest im Griff! Die schwimmen schon seit Jahren dort, immer auf ihrer Bahn, immer zur gleichen Zeit. Jede Abweichung durch andere, fremde und somit unerwünschte Schwimmer, wie ich es bin, werden als Attentat, mindestens aber als persönlicher Angriff gewertet.

Auch vor dem Nahkampf scheuen sie sich nicht!

Um ihre Bahn zu verteidigen, greifen sie zu allen Mitteln: treten, spucken, kratzen, schlagen und einen anschauen.

Anschauen ist das Schlimmste!

Der Blick kommt einem gefräßigen, großen, weißen Hai gleich, der kurz davor steht, sein Maul aufzureißen und einen zu zerfleischen.

Anfangs lächelte ich noch und grüßte jeden einzelnen vorbeiziehenden Buckelwal. Bald schon erkannte ich, dass ich aber unter Piranhas schwamm.

Mein alter Golf hat die Inspektion und Große-Fahrt-Vorbereitung überstanden, mein Geldbeutel dagegen weniger. Endlich konnte ich auch meinen längst überfälligen Friseurbesuch realisieren. Zum Glück hatte Rita vorgestern tatsächlich einen Teil der Rechnung überwiesen und Conny in einer Email erklärt, weshalb sie nur 1954,00€ beglich.

Ich brauche zwei Stunden, um Conny von Ritas richtiger Addition zu überzeugen. Die Schlampe Rita sollte bluten, ich weiß, aber die Agententagessätze waren wirklich lächerlich. Jedenfalls können wir so Rolfs Geldvorlage endlich begleichen, was ich ihm freudig in einem Anruf mitteile.

„Was soll ich nur ohne dich machen, wenn du im Urlaub bist, Schatz?"

„Mir treu bleiben!", bringe ich es auf den Punkt.

„Werd nicht albern, du bist seit Monaten der einzige Mann, weißt du das? Du wirst mir sooooo fehlen!"

„Hier hast du Ullas Telefonnummer, für alle Fälle."

Conny tut mir Leid. Ihr Urlaub war längst zu Ende und meiner beginnt.

„Ich würde am liebsten mitkommen.", sagt Conny traurig in meinen Armen liegend.

„Glaub mir, die Familie meiner Schwester ist nicht leicht."

„Wenn dieses Passau doch nur nicht so weit weg wäre, dann könnte ich wenigstens nächstes Wochenende kommen."

„Da hättest du auch kein Vergnügen, dann kommen meine Eltern aus Kassel zum Familientreffen, das wird noch schlimmer!"

„Aber du willst mich doch deiner Familie vorstellen, oder etwa nicht?"

„Ja, bald. Deine Eltern kennen mich ja auch noch nicht!"

„Das ist bei mir auch komplizierter, Richie, das weißt du doch, Schatz."

Connys Eltern sind geschieden. Ihr Vater lebt in Hamburg und ist überzeugter Justizvollzugsbeamter. Ihre Mutter, ebenfalls in der Justiz tätig, lebt in Halle/Saale. Sie ging nach der Wende rüber, um als Gerichtsangestellte den westdeutschen Justizstandard im verwahrlosten Osten einzuführen, wie sie

Conny einmal erklärte. Ihre kleine Conny ließen sie dabei völlig im Stich, wie ich es neulich mal auf den Punkt brachte. Sie bedauert es sehr, dass sie keine intakte Familie habe und der Kontakt mehr und mehr abbricht. Ihre Eltern hätten längst neue Partner gefunden und würden sie nur noch zum Geburtstag anrufen, um ihrer kleinen Conny alles Gute zu wünschen. An den hohen Feiertagen müsse selbstverständlich sie jeweils anrufen, weil sich das so gehöre als Tochter.

Deshalb wünsche sie sich umso mehr später mal eine große und glückliche Familie, die zusammenhält.

Mit später meint sie vermutlich nächste Woche.

„Conny, ich werde dich doch sowieso jeden Abend anrufen und dir alles berichten."

„Hier, nimm das Bild von mir mit. Das hast du deiner Mutter versprochen!"

„Das ist aber ein besonders schönes Bild. Das kenne ich ja noch gar nicht. Dein Lächeln ist zauberhaft, Liebling!"

Hab ich gerade *Liebling* gesagt?

Oje, jetzt geht das schon wieder los. Ich dachte, ich wäre gegen den Benutzungszwang von Liebkosungsworten in Partnerschaften immun. Zwar ging meine Zählsucht weiter zurück, aber immer öfter ertappe ich mich nun bei der Findung neuer Kosenamen.

Hierbei bevorzuge ich Tier- oder Obst- und Gemüsearten, deren Endungen immer ein *–chen* führen, wie Schneckchen, Kätzchen, Äpfelchen und Pfläumchen, um nur einige Beispiele zu nennen. Diese Gemüseanredungen gaben Conny Grund zur Frage, ob ich von ihren Körperteilen so kreativ angeregt würde, oder einfach nur Hunger hätte.

Ihre Kosenamen sind auch nicht besser. Meistens verwendet sie die Allerweltsanrede Schatz, wohl die Gebräuchlichste im deutschsprachigen Raum. In besonders nahen Momenten bevorzugt aber auch sie die Tiervarianten, wie Bärchen, Brummkäferchen, Hengst und Schwein.

Letzteres auch manchmal im Femininum.

Wir verbringen den Abend vor meiner Abreise mit Essen gehen und Kino. Zwar gibt es freitags eine Vielzahl von Mitternachtsvorstellungen im Angebot, die Vernunft rät mir aber zu frühem Essen, frühem Kino und frühem Schlafengehen. Letzteres weiß Conny zu verhindern.

Der Wecker klingelt am Morgen drauf um 5 Uhr.

Ich wählte diese Uhrzeit aus zweierlei Gründen: erstens wollte ich mittags in Passau sein, zweitens ist Conny morgens recht träge und kommt nur schwer in die Hufe. Diese Trägheit will ich nutzen, um den Abschied für sie nicht allzu schwer zu machen. Tatsächlich schafft sie es aber, mich mit ihrer Heulerei anzustecken. Wir weinen um die Wette, Conny gewinnt.

Um die tragische Situation zu beenden, renne ich um sechs Uhr drei aus der Wohnung. Im Auto schalte ich sofort das Radio ein, um Connys Weinen aus dem Ohr zu bekommen.

Ein Ohrwurm muss nicht immer eine Melodie sein.

Kurz vor Frankfurt, ruft sie mich das erste Mal an.

„Ja, ich fahre vorsichtig, ja, ich fühle mich fit, ja ich mache gleich eine Pause, ich Dich auch, Liebling."

Hinter Nürnberg folgt der zweite Anruf.

„Ja, ich komme gut voran, fast keine Staus, ja ich bin noch fit und aufmerksam, ja, ich mache gleich eine Pause, ich Dich auch, Kätzchen."

Der dritte Anruf erreicht mich auf einem Rasthof hundertfünfzig Kilometer vor meinem Ziel.

„Ja, ich mache gerade eine Pause, ja, ich fühle mich noch fit, ja, ich rufe Dich sofort an, wenn ich angekommen bin, ich Dich auch, Schneckchen."

Schneckchen geht es inzwischen besser. Weder im Internet noch im Fernsehen oder im Radio wurde bisher von einem tragischen Autounfall mit Todesfolge auf der Strecke Köln – Passau berichtet. Mir wird bewusst, dass Connys Ängste, mich zu verlieren, echt sind. Die Rührung lässt mir ein paar Tränen aus den Augen rollen. Richie, wann hat dich je eine Frau so geliebt, von Mama mal abgesehen.

Die restliche Fahrtzeit gibt mir Gelegenheit, über die Beziehung zu Conny nachzudenken. Diesmal scheint es wirklich ernst!

Sie fehlt mir jetzt schon. Wahrscheinlich hätte sie die ganze Fahrt über gequasselt, hätte sie mitkommen können, aber so ist sie nun mal.

Zwanzig Kilometer vor Passau verlasse ich die Autobahn und fahre das letzte Stück auf der Landstraße nach *Nadinehausen*, wie Ulla das Dorf taufte, als ihre entzückende Tochter das Licht der Welt erblickte.

Herrlich, diese wunderschöne Landschaft!

Und die Luft!

Igitt!

Das wäre der einzige Grund, weshalb ich nicht auf dem Land leben könnte. Überall riecht es nach Gülle und Schweinestall.

Das schlimme ist, dass der Gestank sich in den Klamotten festsetzt.

Dieses Geruchsempfinden setzt aber eine Städternase voraus.

Die Nasen der gemeinen Landbevölkerung nehmen diesen Gestank gar nicht mehr wahr.

Hupend befahre ich die kurze Schotterstrecke, die zu Ullas altem Hof führt, den Hubert nach seinen eigenen Vorstellungen als Wohnghetto umgebaut hat. Ein weiterer Grund, Hubert nicht zu mögen. Die kleinen Räume und Stuben des ursprünglichen Bauernhauses waren richtig gemütlich bevor mein Schwager, der Hobbyarchitekt, alles verunstaltete und die schönen Fachwerkwände durch Betonmauern ersetzte. Angeblich war alles morsch. Außerdem würden die Fachwerkwände im Arbeitszimmer seinen schweren Safe nicht in der Wand tragen. Wozu braucht man einen Tresor?

Meine Lieblingsteppichratte kommt im Kleidchen, Schleifchen im Haar, Lackschühchen und Plüschkaninchen kreischend angerannt, gefolgt von Ulla in graublau karierter Kittelschürze und rotem Kopftuch.

Ach, Conny, könntest du dieses Familienglück nur sehen!

„Onkel Richie, Onkel Richie!"

Ich springe aus dem Auto und fange Nadines Spurt auf.

„Bist du groß geworden!", halte ich sie fest im Arm und freue mich tatsächlich sehr über das Wiedersehen.

„Hast du mir was mitgebracht?", schreit sie in mein Ohr.

„Natürlich! Aber lass mich doch erst mal die Mama begrüßen."

Auch Ulla nehme ich fest in den Arm, meine großartige Schwester, die nur einen einzigen Fehler im Leben gemacht hat: Hubert zu heiraten.

„Bist du gut durchgekommen, Richie?"
„Ja, ja, alles bestens."
„Komm erst mal rein und setz dich, die Sachen holen wir später."

Setzen? Ich habe fast sieben Stunden gesessen!
So lasse ich mir von den beiden die aktuellsten Hausverschandelungen zeigen. Hubert ist ein richtiges Genie. Toll, wie er wieder ein Stück alter Handwerkskunst durch Betoneinsatz zerstört hat, natürlich wegen der Brandverhütungsvorschriften. Ulla ist ja so stolz auf ihren vielseitigen Gatten. Klasse, was der alles kann. Bei jedem Besuch brauche ich eine neue Führung durch das Haus.

„Wo ist denn neuerdings eure Toilette?"
 „Wir haben zwei, Onkel Richie. Eine hier unten und eine oben."
 „Welche darf ich denn mal benutzen, Nadine?"
 „Welche du willst. Komm, ich zeig sie dir."
 „Danke, Kind, ich nehme gleich die hier unten. Du kannst jetzt rausgehen, Nadine."
 „Warum denn? Ich kann doch hier warten."
 „Nadine, bitte geh raus, der Onkel Richie muss mal!"
 „Das weiß ich doch längst. Jetzt mach doch, sonst dauert´s ja noch länger."
 „Nadine, die Mama hat dich gerufen!"
 „Ich hab nix gehört!"
 „Geh mal zur Mama und frage, was sie möchte."
 „MAAAAAAMMMAAAAAA! WAAAASS WIIILLLST DUUUUU?"

Sagte ich nicht laut und deutlich geh zur Mama?

Ulla erlöst mich.

„Jetzt stell dich doch nicht so an Richie, wir lassen die Türen immer offen, das weißt du doch …"

Ich knalle die Tür hinter Ulla und dem kleinen Monster zu und will abschließen. Richtig, ich erinnere mich!

In diesem Haus gibt es ja keine Schlüssel.

Ein sehr alter, von Ulla liebevoll restaurierter und mit Bauernmalerei verzierter Holzstuhl, der als Klodekoration dient, kann Abhilfe schaffen.

Ich quetsche ihn schräg unter die Türklinke. Hält!

Den abgesplitterten Lack beseitige ich gleich. Endlich kann ich in Ruhe …

Mein Handy klingelt.

Gutes Timing, Conny!

Ja, ich bin gut angekommen und wollte gleich anrufen. Es hallt so, weil ich auf dem Klo sitze. Ja, bis gleich.

Nadine hämmert an die Tür: „Wann kommst du denn wieder raus, Onkel Richie?"

„Gleich, Nadine."

„Wann ist denn gleich?"

Unbestimmte Zeitbegriffe wie gleich, nachher, später, Moment noch usw. sind zur Erklärung für Kinder absolut ungeeignet. Wussten Sie das?

„Kannst Du schon bis hundert zählen, Nadine?"

„Jaaaahaaa!"

„Super, dann zähl mal vor."

Meine Absicht bestand darin, mir ca. 90 Sekunden Zeit zu verschaffen. Nach zehn Sekunden brüllt sie: „Hundert".
Warum ich?

Das Monster kann überhaupt nicht zählen!
Zwar unter Protest, weil wir vor Nadine keine Geheimnisse haben müssen, aber dennoch vergebend, verschafft mir meine Schwester, die Möglichkeit, in Ruhe meine geliebte Conny anzurufen. Die dramatische Schilderung meiner erst wenigen, aber anstrengenden Erlebnisse und die voraussichtlich zu erwartenden Geschehnisse, würde diese Urlaubswoche so weiter gehen in Betracht ziehend, lassen sie zu der Überzeugung kommen, dass ich überreagiere.

Die kleine Nadine sei schließlich noch ein Kind, der einzige Punkt, dem ich zustimmen kann. Mit tausend Küsschen und der Verabredung zum abendlichen Telefonat verabschieden wir uns vierundzwanzig Mal, bis ich die Taste mit dem Symbol *roter Hörer* drücke.

„Papa kommt!" kreischt Nadine und rennt vom Küchenfenster Richtung Flur, als ich gerade beginnen wollte, von Conny zu erzählen.

„Richard, grüß dich." Seine Umarmung erdrückt mich fast.

„Grüß dich auch, Hubert.", klopfe ich ihn herzlich aber fest zwischen die Schulterblätter, um mich aus der Umklammerung lösen zu können.

Während des vegetarischen Festmahls, das Ulla aus den Gaben des heimischen Gartens zubereitet, lobe ich heuchelnd die gelungenen Umbauten und frage beiläufig nach einem Bier. Hubert sieht auf die Uhr und schaut fragend Ulla an. Ulla sieht mich an und ich sehe Nadine an. Ausgerechnet meine Nichte scheint als einzige mein Bedürfnis klar erkannt zu haben und holt mir ein Bier mit traditionellem Bügelverschluss aus dem Kühlschrank.

„Danke, mein Kind!"

Plopp! Prost! Lecker!

Ulla steht wortlos auf und holt ein Glas aus dem Küchenschrank. Den kleinen Rest, den die Flasche noch hergibt, schenke ich ein.

Hubert zeigt sich als Kumpel: „Richard hat jetzt schließlich Urlaub, da kann man auch mittags mal ein Bier trinken."

Meine Frage, ob er eins mit trinken wolle, verneint er.

Meine als Klischee deklarierte Äußerung, doch hier schließlich in Bayern zu sein, gäbe keinen Grund zum Saufen am helllichten Tage.

Aha!

„Wann bekomme ich denn mein Geschenk, Onkel Richie?"

„Jetzt, Spatz, komm mit ans Auto."

Nadine schaut unsicher zu Ulla. Auch diesmal stoße ich wieder auf lautlosen Protest. Ullas Blick auf Huberts Teller soll mir mitteilen, dass ihr Gatte noch nicht fertig aufgegessen und wir so lange sitzen zu bleiben haben.

„Gleich, Spatz, wenn wir mit dem Essen fertig sind.", korrigiere ich meine Vorrede.

Die ersten Stunden bei meiner glücklichen Schwesterfamilie entpuppen sich als einzige Katastrophe. Selbst mit meiner Geschenkidee für Nadine liege ich völlig daneben.

„Was ist denn das, Onkel Richie?"

„Ein Chemiebaukasten."

„Was ist denn Schiemi?"

Da versucht mir meine Schwester regelmäßig weiß machen zu wollen, dass es sich bei der kleinen Teppichratte um ein Wunderkind handele, das aber weder bis hundert zählen kann, noch das Wort Chemie in ihrem Sprachgebrauch führt!

„Bist du verrückt, Richie!", fährt sie mich an, „weißt du, was da alles drin sind? Du willst das Kind wohl vergiften?"

Nur Hubert zeigt sich erneut freundlich: „Das legen wir ihr einfach so lange weg, bis sie so weit ist. Richard hat es doch gut gemeint, Ulla. Woher soll er denn wissen, was ein Kind in diesem Alter braucht?"

Höre ich da einen leisen Unterton von Unfähigkeit?

Ist es denn meine Schuld, wenn mir Nadine am Telefon ständig als übertalentiertes, hyperintelligentes Wunderwesen präsentiert wird, sich aber dann heraus stellt, dass sie genauso ein Hosenscheißerzwerg ist, wie Millionen anderer Kinder auch? Natürlich weiß ich, dass der Chemiebaukasten erst ab 12 Jahren ist. Dann legt ihn eben sieben Jahre in den Schrank.

Vielleicht findet Hubert ja daran gefallen und sprengt sich beim Spielen versehentlich in die Luft?

Ulla schlägt einen Spaziergang vor, während Hubert sein Töchterchen zum Nachmittagsschlaf überredet.

Ich willige ein, wohl wissend, dass Ulla in Huberts Abwesenheit wesentlich entspannter und zugänglicher ist.

Wir gehen ein kurzes Stück durch das Dorf und biegen dann in einen Feldweg ein, der auf einen Hügel führt. Trotz der warmen Sonne weht ein frischer Wind. Mit Landluft natürlich!

Unterhalb des Hügels liegt ein kleines Wäldchen. Ulla scheint den Tannennadelduft, der uns auf unserem Waldweg begleitet, ebenfalls vorzuziehen.

Ich erzähle selbstverständlich die ganze Zeit von Conny. Sie hakt sich bei mir ein und hört mir lächelnd zu.

Ach, wie gut das tut. Wirklich!

So harmonisch und ungestört kommunikativ hätte ich meine Schwester gern in meiner Nähe wohnen.

Auf dem Rückweg machen wir es umgekehrt: ich hake mich in ihrem Arm ein und sie erzählt.

Mit Hubert ist es nicht immer leicht. Er hat eben seine Prinzipien, preußisch und gnadenlos. Aber er ist ehrlich, treu, fleißig und erfolgreich.

Das sind doch mal Tugenden. Seit dem 14. bin ich das auch alles. Davor war ich nur erfolgreich.

Zum Abendessen überrascht mich mein Schwesterlein mit zwei Dingen: einem freiwillig bereit gestelltem Bier und Gurkensalat. Ehrlich gesagt, mir fehlt die Kräuterfertigmischung.

Der Gurkensalat meiner Schwester ist natürlich frischer und vitaminhaltiger, aber so schmeckt er leider auch.

Dennoch bedanke ich mich herzlich bei ihr für die nette Aufmerksamkeit.

Prost, Hubert, alter Tugendschwager! Lecker Bier zu lecker Brot mit Wurst- und Käseplatte. Als Krönung gibt es gedünstete Karotten, die ich jedoch auslasse, sicher seiend, dass mein Körper so viele Vitamine an einem Tag nicht vertragen würde.

Hubert überredet mich, ihm beim Anbringen einer Gardinenleiste behilflich zu sein.

Nur mal eben anhalten.

Nur mal eben auf die kleine Klappleiter steigen und die Leiste auf einer Seite anhalten.

Nur mal eben ... und dann ist es passiert:

aus 72 cm Höhe krache ich auf meinen linken Fuß, die Gardinenleiste nicht loslassen wollend, um den Sturz irgendwie abzufangen.

Es kracht zweifach: erst die Leiter, dann in meiner Ferse.

Mit Höllenschmerzen winde ich mich am Boden.

Werde ich ohnmächtig?

Nein, der Schmerz scheint noch zu gering zu sein.

Was kann ein Mensch aushalten?

Hubert ruft Ulla.

Sie will meinen linken Schuh ausziehen, um sich den Fuß ansehen zu können.

Auf meine Nein!-Schreie nicht reagierend, reißt sie mir den Schuh herunter.

Die Hölle kann nicht anders schmerzen!

„Das sieht schlimm aus, Richie!"

Genau diese Bemerkung habe ich gebraucht, um den Schmerzpegel noch erhöhen zu können.

Sie fordert Hubert auf, ein nasses Handtuch zum Kühlen zu holen und dann den Rettungsdienst zu alarmieren.

Nadine steht Daumen lutschend im Türrahmen.

„Was hat denn Onkel Richie?"

Hubert nimmt sich nass geschwitzt und zitternd seiner Tochter an und führt sie in die Küche.

„Onkel Richard hat sich weh getan."

Weh getan? Weh getan? Nie gab es eine ärgere Untertreibung, ich schwöre!

Der Rettungsdienst bringt mich ins Krankenhaus.

Na ja, den Rest kennen Sie ja ...
Warum ich?

Ulla und Nadine besuchen mich seit fünf Tagen immer gegen Nachmittag. Eigentlich müssten sie gleich kommen.

Ich habe ein eigenes Telefon am Bett und warte sehnsüchtig Connys Anrufe ab. Einen am Morgen und einen vor dem Schlafengehen.

Schlafengehen kann man das eigentlich nicht nennen, wenn man ohnehin den ganzen Tag im Bett verbringt.

Montag ist die Operation. Noch zwei Tage ausharren. Der Fuß ist schon ganz gut abgeschwollen, die Pumpe wirkt Wunder aber nervt.

Meine Arbeitskollegen könnten sich auch mal melden.

Die haben doch ihren alten König Richie nicht vergessen?

Matze könnte ich mal anrufen?

Oder besser nicht. Der bringt es fertig und kommt auf meine Kosten hierher.

Oder Rolf? Na, mal sehen.

Conny hat sich heute noch nicht gemeldet, was mich beunruhigt. Auch über ihr Handy kann ich sie nicht erreichen.

Hoffentlich ist nichts passiert!

Meine beiden Bettnachbarn, ein alter Türke mit Unterbeinfraktur, der täglich von seiner Großfamilie besucht wird und ein Pole mit Leistenbruch, der von seiner Frau heimlich Wurst mitgebracht bekommt sind in Anbetracht der Situation recht unterhaltsam. Mein Bett steht in der Mitte, so dass ich gelegentlich auch als Vermittler fungiere, wenn es um so schwerwiegende Gesprächsinhalte geht, wie: öffnen wir das Fenster oder nicht, welche Schwester hat die schönsten Augen und andere wirklich wichtige Lebensumstände.

Die Tür wird geöffnet.
Conny!
„Überraschung!", rufen Conny, Ulla und Nadine gleichzeitig, offenbar einstudiert.
Dem Polen fällt vor Schreck die Wurst aus der Hand, weil er die strenge Oberschwester vermutet hat, die ebenfalls regelmäßig ohne Anklopfen die Tür aufreißt.
„Überraschung!", höre ich ein zweites Mal und glaube meinen Augen nicht zu trauen, als ich auch meine Eltern in der Tür stehen sehe!
Mir kommen die Tränen, ehrlich.
Die ganze Sippe inklusive Conny ist bereits gestern Abend bei Ulla eingetroffen, wie ich erfahre.
Dabei hasst Conny Zug fahren.
„Wo sind denn hier die Vasen? Wie geht es dir denn, mein Junge? Du hast ganz schön abgenommen, steht dir aber nicht schlecht. Kannst du aufstehen? Wann ist denn die OP? Sind denn die Schwestern einigermaßen nett? Wie ist denn das Essen, siehst du deshalb so schlecht aus? Den Bart rasierst du dir aber wieder ab, der steht dir nicht. Iss erstmal ein Stück Schokolade. Wo sind denn jetzt die Vasen? Wo ist denn Nadine?"
„Nadiiiiihiin?"
Der Leistenbruch verlässt fluchtartig das Zimmer.
Die Unterbeinfraktur grinst.
Die türkische Großfamilie trabt an.
Die Unterbeinfraktur grinst noch breiter.
Jetzt wird es aber wirklich eng. Und laut. Ich raffe mich

auf, stöpsele meinen Fuß von der Pumpe und schleppe mich auf Krücken, während Conny nicht von meinem Arm weicht. Mit Gefolge betreten wir den Patientengarten, der ebenfalls maßlos überfüllt ist.

Wir erobern eine Parkbank, die drei Chinesen, jedoch ohne Kontrabass, freigeben, als ich darum bitte, mich setzen zu dürfen.

Ulla kommt kurze Zeit später nach. Sie hat Nadine im Nachbarzimmer dabei ertappt, wie sie eine volle Urinflasche aus dem Hängegestell eines Bettes nehmen wollte, um ihren Durst auf Apfelsaft zu stillen.

Nach viel Durcheinandergerede verlassen meine Eltern mit Ulla und Nadine die Klinik mit dem Versprechen, morgen wieder zu kommen. Sie wollen noch einen Spaziergang machen und verabreden sich für später mit Conny am Parkplatz zur gemeinsamen Heimfahrt.

Endlich allein mit Conny.

Sie wirkt verändert. Hat mein Unfall sie so geschockt?

Ich komme nicht an sie ran, sie wirkt distanziert und erzählt stattdessen, dass sie nur mit großer Mühe noch mal Urlaub bekommen habe.

Versteht sie sich mit meinen Eltern und Ulla vielleicht nicht?

Beim Verabschieden weinen wir beide.

Ob Conny mir morgen erzählt, was sie betrübt?

Diese Hoffnung erweißt sich als Trugschluss.

Die gesamte Sippe, auch diesmal ohne Schwager Hubert, schafft es tatsächlich wieder, gleichzeitig zu reden und zuzuhören.

Conny sitzt , bis auf ein paar gewechselte Worte über die Nutzung meines Wagens für alleinige Krankenbesuche, schweigend im Hintergrund.

Nadine hat sich auf meinem Bett breit gemacht und malt. *Nicht über den Rand malen* ist eine ungenügende Anweisung für meine Lieblingsteppichratte. Als Rand betrachtet sie alles außerhalb der Reichweite ihrer Arme, ihres Universums.

Der Untergrund spielt dabei keine Rolle, ob Malbuch, Bettlaken oder Onkel Richies Pyjamaoberteil.

Hubert traue sich angeblich nicht mir unter die Augen zu treten, da er immer noch ein schlechtes Gewissen habe. Er fühle sich für den Unfall mitverantwortlich.

Daran habe ich noch gar nicht gedacht! Dieser Schuft!

Alle wünschen mir Glück für die OP und rücken nach anderthalb Stunden Gaga wieder gemeinsam ab.

Conny geht einfach so mit, gerade mal eine kurze Umarmung und ein Wangenkuss.

Was zum Teufel ist mit ihr los?

Hat sie Angst, mir könne bei der OP etwas zustoßen?

Meine Eltern, die eigentlich heute wieder nach Hause fahren wollten, bleiben noch bis Dienstagmorgen, um den OP-Verlauf persönlich zu erfahren.

Mein Vater arbeitet als Sachbearbeiter einer Versicherungsgesellschaft und klärte die zwei zusätzlichen freien Tage in einem zwanzig Sekunden dauernden Gespräch mit seinem Abteilungsleiter:

„Tach, Schorsch… hömma, komme erst Mittwoch … mein Junge wird operiert… Hä? … nee, am Fuß… Joh, mach ich."

Meine Mutter ist klassische Hausfrau. Klassisch in so fern, dass sie die Finanzen regelt, entscheidet, was gekauft wird, was gegessen wird und welche Ausflüge und Urlaube unternommen werden. Ein seit 37 Ehejahren gut funktionierendes Matriarchat!

Es kann eben nur einen Herrscher geben.

Mein Vater erhält von ihr ein Taschengeld zur freien Verfügung. Verbraucht er es nicht, wird es auf die nächste Taschengeldzahlung angerechnet. Der eingesparte Betrag kommt jedoch in ein Sparschwein, um Sonderausgaben zu decken. Die Sonderausgaben betreffen meist die Bekleidungswünsche meiner Mutter. Somit finanziert mein Vater von seinem Taschengeld die Garderobe seiner Gattin.

Sie zahle sich schließlich selbst gar kein Taschengeld aus.

Die Narkoseärztin kommt zum Gespräch über mögliche Gefahren bei der OP und ich unterschreibe, dass, egal was passiert, alle im Krankenhaus unschuldig sind.

Ohne noch einmal mit Conny zu telefonieren, schlafe ich mit medikamentöser Hilfe ein.

Am nächsten morgen bekomme ich mein OP-Kleidchen.

Es geht los!

Der Leistenbruch drückt mir die Daumen, die Unterbeinfraktur will für mich beten.

Allah sei gnädig!

Nach der Operation aufwachend, erfahre ich, dass alles gut gelaufen sei.

Im Zimmer erwartet mich Conny, die von dem Polen mit Wurst gefüttert wird.

Als die Pfleger mich mit meinem rollenden Bett eingeparkt haben, präsentiere ich stolz meinen umwickelten Fuß.

Perfektes Timing. Meine Eltern und Ulla mit Nadine treten ein. Nadine reicht mir ihr neuestes Kunstwerk. Genauer gesagt, reibt sie mir das Bild über das Gesicht, damit ich auch ja nichts übersehe.

Ich erkläre allen, dass alles gut verlaufen sei und frage meine Lieblingsteppichratte nach dem Bildinhalt.

„Siehst du das denn nicht, Onkel Richie?"

„Hm, bin ich das?"

„Ja, das bist du!"

„Und was mache ich da?"

„Du liegst auf dem Boden."

„Ach, das ist der Unfall?"

„Ja, du liegst da und schreist."

„Und was ist das Rote? Ein Ball?"

„Nein, das ist das Blut."

„Aber mein Fuß hat doch gar nicht geblutet."

„Das macht nichts, zu einem Unfall gehört aber immer Blut. Sonst ist es kein richtiger Unfall, weißt du?"

Ich gehe nicht weiter darauf ein, bedanke mich herzlich für das Werk und überlege mir, dass das arme Kind damit das Erlebte verarbeitet hat und somit kein Trauma zurückbleiben wird. Ulla lobt Nadine ein dutzend Mal über soviel Talent und Einfühlungsvermögen.

Meine Eltern nutzen die Zeit, um sich schon mal zu verabschieden, sie wollen morgen in aller Frühe nach Hause fahren und rufen an, wenn sie angekommen sind.

Meine Mutter versichert mir, dass sie bei Conny ein gutes Gefühl habe. Ich bin beruhigt. Mutters Segen ist mir wichtig. Mein Vater findet Conny nett. Ich nehme das als Kompliment für Conny an. Mehr ist von ihm nicht zu erwarten. Sollte ich nachhaken, was er mit nett meine, schließe er sich ohnehin einfach der Meinung seiner Gattin an.

Ulla stupst Nadine an, ein Zeichen. Nadine beginnt zu winken und sagt ihr selbst ausgedachtes Gedicht auf:

„Lieber Onkel Richie, werde bald wieder gesund,

fall nicht mehr von der Leiter, fall nicht auf deinen Mund."

„Das hat sie ganz allein gedichtet, Richie! Ist sie nicht großartig?"

Conny und Ulla klatschen endlos Beifall, der Türke stellt sich schlafend, der Pole lutscht eine Wurstpelle aus.

Wunderkind Nadine verneigt sich, fasst ihre Mama am Arm, verabschiedet sich winkend für Beide und bietet beim Herausgehen nochmals ihr Gedicht dar.

Als Schwester und Nichte das Zimmer verlassen haben, legt sich Conny zu mir auf den Bettrand.

Sie sieht schon wieder traurig aus. Oder immer noch?

„Conny, was ist eigentlich mit dir los? Du hast doch was?", flüstere ich ihr ins Ohr.

Wieder bekomme ich keine Antwort.

Der Stationsarzt und eine Schwester kommen herein und fordern Conny höflich aber direkt auf, zunächst das Bett, dann das Zimmer zu verlassen, da der Türke untersucht werden müsse.

Wie gerne würde ich aufstehen und mitgehen.

Gehen!

Nach acht Minuten darf Conny wieder hereinkommen. Sie sitzt am Bettrand und wir halten Händchen.

Immerhin lächelt sie, wenn auch angestrengt.

„Werde bald wieder gesund, mein Richie, ich brauche dich!"

„Wird schon, Conny. Ich brauche dich bald noch mehr!", unternehme ich einen Trostversuch, obwohl ich nicht mal weiß, worüber ich sie trösten soll.

„Denkst du, du kannst am Samstag hier raus? Ich muss Montag wieder arbeiten."

Diese Frage beschäftigt auch mich in den schlaflosen Nächten.

Wir werden sehen.

Conny bleibt auch in den nächsten Tagen weiterhin verschlossen, so langsam finde ich mich damit ab.

Der Pole wird entlassen und durch einen echten Bayern ersetzt.

Ein neuer Leistenbruch. Diesmal mit bayerischem Dialekt statt polnischem Akzent. Und ohne Wurstfetischismus.

Der meinem Fuß angepasste Spezialschuh ist anstrengend aber hilft. Die Orthese lässt die Ferse in der Luft hängen, ich trete nur mit Mittel- und Vorderfuß auf. Mit etwas Übung kann ich demnächst wahrscheinlich Stöckelschuhe tragen.

Ich zeige mich begeistert und denke an meine Erfahrungen mit Damenschuhkäufen.

Mein Traum geht in Erfüllung und ich werde Samstag entlassen.

Conny holt mich ab. Ich sitze auf der Rückbank, um das Bein hochlegen zu können. Nach einem kurzen Abstecher zu Ullas Familie, bei dem ich Schwager Hubert wieder nicht sehe (er hätte noch was zu erledigen, lässt aber schön grüßen) beginnen wir die lange Heimfahrt nach Köln.

Eine Unterhaltung während der Fahrt ist schwierig. Conny muss nach vorn schauen und sich auf den Verkehr konzentrieren. So erzähle meist nur ich, damit sie sich nicht nach hinten umdrehen muss.

Lange Zeit haben wir auch einfach das Radio laut gedreht.

Für ein frisch verliebtes Paar eine ungewöhnliche Fahrt.

Nach knapp acht Stunden Fahrt mit drei Pausen, kommen wir erledigt zu Hause an.

Eine letzte Anstrengung: die Treppe. Aber wie mit der Krankengymnastin trainiert, bewältige ich auch dieses Hindernis.

Conny muss dreimal gehen, bis alle unsere Klamotten oben sind.

Ich lege mich auf die lang ersehnte Couch und beschäftige mich mit dem Gedanken mir nun selbst meine Thrombose-Spritzen geben zu müssen. Ins Bein oder in den Bauch bekam ich zur Auswahl. Ich entscheide mich für die Oberschenkelvariante, dessen Umsetzung in die Tat aber eine halbe Stunde Anlauf braucht, nachdem Conny mir zum tausendsten Mal unter Tränen erklärt, sie könne das nicht.

Als Altenpflegerin?

Das gehöre nicht zu ihren Aufgaben. Sie könne es einfach nicht und basta!

Ich auch nicht, verdammt noch mal!

Endlich überwinde ich mich, drücke die Haut zusammen und jage mir die 20 mg Enoxaparin-Natrium ins Bein.

Gut getroffen, es schmerzt kaum. Stolz sage ich Conny sie könne sich wieder umdrehen und mir eigentlich auch ein Kölsch aus dem Kühlschrank holen. Als Belohnung.

Sie zieht wortlos ab, geht aber ins Bad.

Minuten vergehen.

„Wo bleibst du denn Conny? Was machst du? Kotzt du etwa?"

Mit meinem Sprintschuh und zwei Krücken raffe ich mich von der Couch auf und humpele ins Bad.

Conny umarmt die Kloschüssel.

Die Ärmste.

Die Spritzenaktion muss ihr so dermaßen zugesetzt haben.

„Hey, Schatz, alles in Ordnung? Das hat gar nicht wehgetan, ich hab gut getroffen. Alles halb so wild."

Sie zieht sich am Waschbecken hoch und spült Gesicht und Mund. Ich reiche ihr ein Handtuch.

Arme Conny, das war wohl letzte Zeit alles ein bisschen viel.

Ich hätte nie gedacht, dass sie so labil ist.

„Geht schon wieder, Richie. Komm setzt dich rüber und leg dein Bein hoch. Ich hol dir dein Bier."

Sie schenkt es mir sogar in ein Glas ein.

Wie von harter Arbeit erschöpft, lässt sie sich in den Sessel fallen.

Ich beschließe, keine Rücksicht mehr zu nehmen und endlich eine Erklärung zu verlangen, was nun eigentlich los sei:

„Conny, es reicht! Seit Passau bist du total verändert! Ich merke doch, das was ist. Hältst du mich für so unsensibel?"

Sie richtet ihren geneigten Kopf ganz auf und sieht mich starr an.

Oje, diesen Blick kannte ich bis jetzt noch nicht.

Ich bin auf alles gefasst!

Selbst darauf, dass sie jetzt Schluss machen könnte. Eine mögliche Erklärung für ihr Verhalten, die mir schon seit Tagen durch den Kopf geht.

„Okay, Richie! Ich muss dir etwas sehr, sehr wichtiges sagen! Endlich kann ich es!"

5. Kapitel: Happy End

Sie hatte nicht Schluss gemacht, uff!

Aber sicher fragen Sie sich, was eine Frau ihrem Partner so wirklich wichtiges zu sagen hat?

Sie erahnen es vielleicht sogar?

Es hatte mich damals, vor nunmehr rund einem Jahr, schlicht weg umgehauen. Ich erinnere mich noch genau: erst schrie ich JIIIIIIHAAAAAA und sprang auf. Dann warf ich die eine Krücke gegen die Stehlampe und die zweite zwischen die Bodentopfpflanzen.

Nicht, dass das gezielte Würfe waren, es hätte auch der Fernseher oder der Wohnzimmerschrank sein können. Nein, ich warf einfach ziellos mit meinen Gehhilfen herum und sank dann rückwärts auf die Couch herab, um gleich wieder aufzuspringen und auf Knien meiner Conny den Bauch zu küssen.

Höher kam ich in der Lage nicht. Aber der Bauch war auch keine schlechte Stelle, da er doch in großem Zusammenhang mit meiner unbeschreiblich intensiven Freude stand.

Diese Freude ist seit dem unverändert, inzwischen angereichert mit Stolz und Glück!

Und heute halte ich dieses unglaublich schöne und große Glück auf meinen Armen. Er schläft.

Ein gesunder, strammer Junge von drei Monaten!
Er hat meine Augen und Connys Nase.
Also nicht wirklich, Sie verstehen schon? Conny hat selbstverständlich noch ihre eigene Nase und ich meine Augen, sonst könnte ich das … na ja, Sie wissen schon, mein Gott!

„Schläft er?", vernehme ich das gehauchte Flüstern meiner Angebeteten.
„Ja, Liebling."
„Dann leg ihn doch jetzt hin und komm zu mir ins Bett, Schatz."

Aus Gründen der Kitschvermeidung erspare ich Ihnen unseren seitdem alltäglich gewordenen Glückliche Familie-Umgang.
Meinungsverschiedenheiten gab es nur kurz, als ich ihr einen Beckenbodenrückbildungs-Kurs schenken wollte und bei der Namensgebung unseres Prinzen, zumal mein Nachname klassischerweise der Familienname werden sollte, also eines Tages, wenn wir mal heiraten sollten.
Connys Nachnamen Hermann lehnte ich schlicht weg ab für meinen Sohn.
Ich fand schon Cornelia Maria Hermann schrecklich!
Ihres Sternzeichens wegen nannte ich sie manchmal auch Jungfrau Maria.
Ob wir unseren Sohn daher Jesus nennen sollten?
Wo ich doch den Zweitnamen Joseph trage!
War das ein Zeichen?
Ist unser Sohn ein neuer Messias?
Ich könnte eine Krippe bauen!

Vielleicht finden wir ja einen Täufer, der zufällig Johannes hieße?

Sollten wir unseren Sohn Zimmermann werden lassen?

Sie brach mir das Wort ab.

Ich wäre manchmal so kindisch albern und müsse nun aber endlich mal erwachsen werden. Aber zu den Vornamen: während ich moderne, amerikanische Namen bevorzuge, wie Bruce, Clint, George oder Brad, setzte sich Conny doch letztendlich mit ihrem Vorschlag durch: James.

Nee, war ein Witz! *James Bond* hätte den Jungen schon zu früh an die Martinis gebracht, natürlich geschüttelt, nicht gerührt.

Sie wollte aber nicht, dass unser Sohn den Namen eines amerikanischen Schauspielers trägt und ich sollte gefälligst nicht so viel fernsehen.

So einigten wir uns auf ihren Vorschlag, den sie übrigens beim fernsehen aufgeschnappt hatte.

Unser Prinz hört jetzt auf den Namen Dennis. Dennis Bond.

Tja, da hat es den alten Richie doch noch in das Familienleben katapultiert, hätten Sie nicht gedacht, was?

Ich auch nicht!

Und was sich seit dem alles verändert hat?

Eben genau das: Alles!

Eltern muss ich nicht auf die Umstände hinweisen, aber sollten Sie Single sein oder sich bisher gegen eine Familie entschieden haben, gebe ich Ihnen einen guten Rat!

Stellen Sie sich die eine Frage:

Warum ich?

Und eines noch: sollte irgendjemand jemals meinen Sohn, den Prinzen, eine Teppichratte nennen, dann kann er aber was erleben!

Haben Sie noch einen Moment Zeit?

Ich deutete ja eingangs an, noch auf Onkel Joseph, den Helden der Familie eingehen zu wollen, dem ich meinen zweiten Vornamen verdanke. Er lebt heute in Aachen.

Ausgerechnet auf dem Heimweg von Passau nach Köln, meinem durch Conny vollzogenen Krankentransport, rief Onkel Joseph auf dem Handy an und sagte, er hätte mit mir mal etwas zu besprechen und wann ich denn zu Haue sei.

Ich erklärte damals kurz die Situation und wollte mich melden, wenn es mir besser ginge.

Das tat ich zwei Wochen später.

Drehen wir die Zeit also nochmals kurz zurück:

„Richard, mein Junge, schön das du dich meldest. Wie geht es deiner Freundin mit der Schwangerschaft?"

„Ach, du weist schon?"

„Jaja, deine Mutter hat die ganze Welt informiert! Im Mai ist die Geburt? Sag mal, kannst du schon Autofahren?"

„Noch nicht, aber Conny. Und ja, es geht beiden gut. Mai ist korrekt."

„Dann schwingt euch am Wochenende in eure Karre und kommt zu mir in die Eifel. Du weißt schon von deiner Mutter, dass ich nach Bayern auswandern werde, ja?"

„Ja, weiß ich, wie heißt sie denn?"

„Wie heißt wer?"

„Na, dein Auswanderungsgrund?"

Ach, weißt du, Junge, ich bin genug in der Welt herumgegeistert und will meinen Lebensabend mit Bergwandern verbringen. Außerdem bin ich so näher bei Ulla, weißt du?"

„Aha!"

„Tja, du liegst schon richtig, sie heißt Eva. Ist ja jetzt auch egal. Hör mal, wir müssen da mal was besprechen, ich habe nämlich eine Überraschung für dich, oder besser gesagt: für euch Drei!" Onkel Joseph schwieg sich am Telefon aus, so dass wir uns drei Tage lang den Kopf zerbrachen, um was es sich handeln könne. Meinem Onkel war alles zuzutrauen!

Einmal, als ich acht war, wollte er einen Schatz mit mir bergen.

Tagelang sprach er von unermesslichem Reichtum, zeigte mir eine echte Schatzkarte und ließ mich eine Ausrüstung zusammenstellen. Als wir endlich loszogen, in seinem Garten Steine wegrückten und wie von Sinnen zu graben begannen, war die Enttäuschung bald groß!

Der Schatz bestand aus einer verbeulten Blechdose, die mit Keksen gefüllt war. Ich buddelte damals wie ein Irrer, weil ich glaubte, ich bräuchte vor lauter Reichtum nach der Schatzbergung nicht mehr zur Schule und könnte mit spätestens neun Jahren in Rente gehen.

Ein anderes Mal schenkte er mir eine Indianermaske, die er aus den USA mitbrachte. Wenn ich die Maske morgens eine viertel Stunde trüge, müsste ich niemals mehr den von mir so sehr gehassten Kamillentee trinken, den ich immer herunterwürgen musste, wenn ich mal erkrankte. Voller Freude zog ich das Ding auf und schaute auf die Uhr. Die Maske hat so widerlich gestunken, dass ich mich nach zwei Minuten übergeben musste und … Bäähhhh … natürlich Kamillentee bekam.

Als ich zwölf war, schenkte er mir sein Jagdmesser, mit dem er schon in Afrika Löwen gejagt hätte. Mit einem Messer!

Na ja, damals hab ich ihm geglaubt. Als ich das Messer voller Stolz in der Schule vorführte, stand abends die Polizei vor der Haustür wegen unerlaubten Waffenbesitzes.

Danke, Onkel Joseph!

Tante Gisela hatte sich zu jener Zeit gerade von Onkel Joseph getrennt, weil er gewisse Saunaclubs besuchte, was mir damals nicht weiter dubios vorkam und für mich schon gar keinen Grund zur Trennung darstellte.

Meine Eltern gingen ja schließlich auch manchmal in die Sauna und waren nachher immer gut gelaunt.

So sah es Onkel Joseph eben auch.

Ich erklärte Tante Gisela folglich für nicht Onkel Josephwürdig und schlug mich auf seine Seite.

Dennoch: er wurde tatsächlich einmal zum Helden, als er einen Jungen vor dem Ertrinken rettete: im Nichtschwimmerbecken des Freibades Auedamm in Kassel.

Mein Onkel schloss sich peinlicherweise einer Kindergruppe zum Schwimmen lernen an.

Der Junge neben ihm tauchte den Kopf unter Wasser und paddelte mit Armen und Beinen.

Onkel Joseph geriet wegen Fehleinschätzung der Situation in Panik, zerrte den armen Jungen an den Beinen gefasst aus dem Wasser heraus, trug ihn Kopf unterhängend um das Schwimmbecken herum und legte ihn auf die Wiese, um ihn wieder zu beleben.

Die sich um ihn versammelte Menschentraube applaudierte und rief ihn zum Lebensretter und Helden aus. Der

Junge stand auf, schupste Onkel Joseph weg und rannte heulend zu seiner Mutter.

Keiner glaubte dem Jungen, als er Onkel Joseph im Weglaufen beschimpfte, er wäre nicht ertrunken, sondern wollte tauchen.

Ja, so ist mein Onkel Joseph: Held, Weltreisender und Alleswisser.

Weltreisender wurde er nach seinem Lottogewinn.

Alleswisser war er laut meinem Vater schon von Kind.

Aber noch ein anderes Vorhaben bereitet uns, besonders Conny, Kopfzerbrechen.

Connys Eltern wissen noch nichts von der freudigen Erwartung, Großeltern zu werden.

Sie weigert sich, sie anzurufen und es einfach zu erzählen.

Mein Vorschlag, ich werde anrufen und mich bei der Gelegenheit gleich vorstellen, lehnt sie ebenfalls ab.

Meine Eltern drängen zu dem auf ein Zusammentreffen mit Connys Eltern, das gehöre sich schließlich zu so einem Anlass.

Wir beschließen nach langer Diskussion, ein Treffen der gesamten Familie um die Weihnachtszeit anzugehen und schriftlich einzuladen. Vollendete Tatsachen sind für Connys Eltern das Beste.

„Wir müssen gleich da sein, da ist der Wegweiser nach Schwammenauel. Rechts die kleinen Serpentinen hoch."

„Langsam, Conny, bitte!"

„Wir sind jetzt in Heimbach. Und jetzt?"

„Hier links, den Berg hoch."

„Ist das denn die richtige Straße?"

„Ja, da vorn musst du noch mal abbiegen. Richtig. Hier auch noch mal rechts. Ja, dort ist es, Nummer 8. Niedlich."

„Willkommen, Kinder! Das ist also deine Conny. Freut mich, mein Kind!"

„Guten Tag, Herr Bond, freut mich auch!"

„Ich bin Joseph, nicht Herr Bond. Richard, mein Junge, geht doch schon gut mit den Krücken"

„Na ja, den Umständen entsprechend."

Diese bescheuerte, nichts sagende Redewendung benutze ich schon seit Tagen, da sie mir erspart, den Leuten zu erklären, wie es mir wirklich geht. Das ist allein meine Sache.

Abgesehen davon gewinne ich den Eindruck, dass die Leute ganz froh sind, sich nicht einen ausführlichen Bericht meines Gesundheits- und Gemütszustandes anhören zu müssen.

Den Beweis meiner Tapferkeit unterstreiche ich immer noch abschließend mit dem Spruch *Schlimmer geht immer*!

Onkel Joseph zeigt uns sein kleines Wochenendhaus mit dem dazugehörigen Waldrandgrundstück. Beeindruckend, wie viel Komfort man in so eine Hütte bringen kann.

Und dazu die Idylle!

Es ist herrlich ruhig hier. Nur ein paar Vögel zwitschern. Bienen summen, Hummeln brummen und in der Ferne ein bellender Hund. Die Mittagssonne ist noch warm genug, um noch kurzärmlig zu tragen.

Er bietet uns Eistee an und kommt schnell zur Sache:

„Ich sagte euch ja schon, dass ich bald nach Bayern umsiedeln werde. Es wäre schade, wenn ich diese Hütte hier auflösen müsste, die ich in so mühsamer Kleinarbeit umgestaltet und eingerichtet habe. Kurz und gut: hier sind Schlüssel und Papiere, sie gehört nun euch!"

Wir brauchen einen Moment um das Gehörte zu verarbeiten. Onkel Joseph drückt Conny einen Ordner in die Hand. Meine Hände umklammern fest die Gehhilfen. Conny beginnt zu stottern, ich bringe erst gar keinen Ton heraus. Und ehe wir uns richtig besinnen können, packt Onkel Joseph uns an den Armen und zerrt uns in seinen Geländewagen.

Nur mit Mühe kann ich das Tempo auf den Krücken mithalten. Kurze Zeit später sind wir auf dem großen, oberen Parkplatz des Rursees angekommen. Über die Brüstung zeigt er auf eine Steganlage.

„Seht Ihr das dunkelblaue Kajütboot mit der weißen Persenning?"

„Äh, ja. Gehört das dir?"

„Nein, Kinder, es gehört euch! Wenn man hier oben eine Hütte hat, braucht man auch ein Boot, sonst wird es zu langweilig. Ihr seid ja schließlich noch jung! Ich habe es von einem alten Freund übernommen, der nach Australien geht, fürn Appel und nen Ei, wie man so schön sagt. Ihr sagt ja gar nix?"

Tja und so wurde ich auch noch stolzer Yachtbesitzer, also wir. Den Segelschein konnte ich zwar erst dieses Frühjahr machen, aber zum Angeben hat es alle mal gereicht.

Sie glauben gar nicht, wie Matze, Franziska und Olli, die Kollegen, Vorgesetzten und die ganze bucklige Verwandtschaft gestaunt haben, als wir sie nach und nach in unser Wochenendhaus und auf das Boot eingeladen hatten.

Nur Rita durfte nicht. Wegen ihres Traumas, mal auf einem Boot eingeschlossen gewesen zu sein.

Behauptet jedenfalls Conny.

Ich, Richard Joseph Bond, stolzer Familienvater, Wochenendhausbesitzer, Yachtbesitzer und gesegnet mit einer wunderbaren Partnerin und Mutter, liebe das Leben!

Warum ich?

Weil es mein Schicksal so vorgesehen hat!

Mein Fuß?

Danke der Nachfrage!

Ich muss tatsächlich Einlagen tragen, habe aber keine Schmerzen.

Ein bisschen mulmig wird mir allerdings, wenn ich daran denke, dass in ein bis zwei Jahren die Titanleiste wieder aus dem Fuß herausoperiert werden muss.

Na, wird schon werden. Das lasse ich wohl in Passau machen, schon wegen Hubert!

Bleibt nur noch eines zu klären: Mögen Sie nun eigentlich Gurkensalat?

P.S.: Übrigens, übernächsten Monat ist Hochzeit, Conny hat Ja gesagt!

Also, eigentlich hat sie mich gefragt … äh… ich sie dann aber auch gleich.